Ein Piano *am Strand*

Bilder, Prinzipien und Perspektiven für Erfolg als Führungskraft und im Leben selbst

JIM DORNAN

NETWORK® TWENTYONE

ISBN 3-902284-05-6

Aus dem Amerikanischen übersetzt: Renate Koschate, 82205 Gilching
Redaktion: Rainer Weber
Druck: Druckerei Joh. Walch, Augsburg

ÜBER DEN AUTOR

Jim Dornan ist Führungskraft anderer Führungskräfte. Als Coach, Stratege und Mentor für einige der erfolgreichsten Menschen auf der Welt hat er einen unschätzbaren Fundus an Erfahrungen zusammengetragen sowie eine einmalige Perspektive entwickelt, die jedem zugänglich ist, der beschließt zuzuhören. Als Vater von drei erwachsenen Kindern und mit seiner Frau Nancy als Lebenspartnerin lässt Jim Dornan sowohl geschäftliche als auch persönliche Perspektiven in sein jüngstes Werk einfließen.

Als Absolvent der Purdue University, wo er zum Luftfahrtingenieur ausgebildet wurde, gelang Jim Dornan vor mehr als dreißig Jahren der Wechsel von der Welt der angewandten Wissenschaft in die Welt des Unternehmertums. Sein Unternehmen, Network TwentyOne, ist ein globales Bildungsinstitut, das sowohl im *Success Magazine* als auch im *Wall Street Journal* vorgestellt wurde. Er ist Autor diverser Bestseller, wozu auch das Buch *Ein Mensch von Einfluss werden (Becoming a Person of Influence)* gehört, das er als Koautor von John Maxwell schrieb. Dornan spricht in regelmäßigen Abständen zu Zehntausenden von Zuhörern von Europa bis Afrika, von Indien bis Südostasien und von Australien bis Amerika. Er teilt seine Zeit zwischen den Wohnsitzen in Florida und Georgia auf, ist jedoch in jedem der 25 Länder zu Hause, in denen er Niederlassungen und Geschäftsfreunde hat.

DANKSAGUNGEN

Wie bei jedem Projekt, das den Versuch unternimmt Prinzipien und Erfahrungswerte abzurufen, die anderen Menschen in ihrem Streben nach einem bedeutungsvolleren und lohnenderen Leben eine Hilfe sein könnten, habe ich vielen Menschen zu danken:

- Zuallererst Nancy, meiner wundervollen Ehefrau und Lebenspartnerin seit vielen Jahren. Es war und ist ihre ungewöhnliche Passion sowie ihr erwartungsvoller Geist, die mich in Aktion hielten.
- Meiner Tochter Heather, die meine Partnerin bei diesem Projekt gewesen ist; sowohl ihr Input als auch ihre Begeisterung für meine Konzepte waren für mich das notwendige Stimulans, um dieses Werk schlussendlich nicht länger hinauszuzögern.
- Meinen anderen Kindern, David und Eric, die mich mit endlosen Erfahrungswerten und Storys versorgt haben, um daran die Theorien des Lebens und Realitäten in puncto Führungskraft und Einfluss zu testen.
- Meiner Enkelin Ashley-Kate für ihre bemerkenswerte Fähigkeit, mir im reifen Alter von vier Jahren die Wahrheiten und Prioritäten des Lebens ins Gedächtnis zu rufen!

Ich bin so vielen Menschen und Führungskräften auf der ganzen Welt unendlich dankbar, bei denen ich das Privileg genossen habe, Einfluss auf sie zu nehmen, die jedoch mich in sogar noch größerem Maße beeinflusst haben. Die Dinge, die ich sowohl im Triumph als auch in der Verzweiflung beobachtet habe, trugen enorm zu einem Gefühl des Wunderbaren und der Begeisterung in Bezug auf das Potenzial bei, das jedem Menschen in jeder Situation eigen ist. Ich empfinde nach wie vor Demut in Anbetracht des Mutes, des Bildungshungers sowie der nicht endenden Kreativität und Unverwüstlichkeit, die ich bei ganz gewöhnlichen Menschen erkenne. Ich bin für das mir gewährte Privileg dankbar, als Wegbegleiter und Schüler daran teilzuhaben.

INHALTSVERZEICHNIS

EINLEITUNG

Ein Bild sagt mehr als tausend Worte

Man sagt, ein Bild wiegt mehr als tausend Worte. In diesem Buch möchte ich einige Bilder vor Ihrem geistigen Auge entstehen lassen – und dann werde ich mich noch einiger tausend Worte bedienen, um jedes einzelne zu erklären! Einige der inspirierendsten und nützlichsten Lektionen, die ich in meinem Leben gelernt habe, können ohne weiteres mit einem Bild in Verbindung gebracht werden, das ein Prinzip verkörpert. Mich begeistert der Gedanke, Sie an diesen „Lebenslektions-Bildern" partizipieren zu lassen.

Sie finden in diesem Buch keine magischen Formeln. Es handelt sich hier um simple Prinzipien, die funktionieren. Je länger ich im Geschäft bin, und vielleicht auch je länger ich lebe, desto simpler stellt sich mir Erfolg dar. Nicht einfacher ... sondern *simpler.*

Als ich mich mit Anfang zwanzig zum Ingenieurstudium einschrieb, hatte ich eine Reihe von Theorien und Überzeugungen in Bezug auf Erfolg. Sie waren alle falsch.

Doch wem war das schon bewusst? Von dem College, das ich besuchte, wurden keine Vorlesungen zum Thema Führungskraft, Unternehmertum oder Erfolg angeboten. Der Grundstudienplan umfasste Englisch, Geschichte, Mathematik, Naturwissenschaften sowie angewandte Physik. Später besuchte ich dann Kurse für Thermodynamik, Rechnungswesen, Raketenantrieb, Statistik und Quantenphysik. Meine Kolleginnen und Kollegen studierten Dinge wie Krankenpflege, Buchhaltung, Lehrberufe, Jura und Medizin. Das waren alles hervorragende Studienfächer, doch nichts von alledem bezog sich in irgendeiner Weise darauf, wie ein Leben von Erfolg und Bedeutung zu leben ist.

Im Laufe der Jahre bin ich auf vier generelle Theorien gestoßen, an denen die Menschen in Bezug auf Erfolg wohl anscheinend festhalten:

1. **Erfolgreiche Menschen sind intelligent oder talentiert.** Diese Überzeugung findet sich häufig unter Menschen, die sich keine klaren Vorstellungen über ihr Leben machen oder sich der Natur ihrer eigenen Gaben und Talente nicht wirklich bewusst sind. Sie stufen andere Menschen als smarter oder besser ein und benutzen diese Schlussfolgerung (basierend auf einem Vergleich), um ihren eigenen Mangel an Einsatzbereitschaft in Bezug auf Entwicklung und Umsetzung der Talente zu rechtfertigen, die ihnen TATSÄCHLICH eigen sind. Je mehr ich mich mit erfolgreichen Menschen beschäftige,

Der sehnliche Wunsch sticht Talent jederzeit aus.

desto klarer wird mir, dass Talent, bloße Fähigkeit sowie Auftreten sehr wenig mit Erfolg zu tun haben. Der sehnliche Wunsch sticht Talent jederzeit aus.

2. **Erfolgreiche Menschen genießen bessere Voraussetzungen.** So viele Leute bringen folgende Entschuldigungen vor: keine Ausbildung oder keine ausreichende Ausbildung, kein Geld oder nicht genügend Geld, keine Erfahrung oder nicht genug Erfahrung. Sie führen die scharfe Konkurrenz, ein Gesundheitsproblem, einen früheren Schiffbruch oder einen internationalen Krieg als Entschuldigungen dafür an, warum sie nicht erfolgreich sein können ... und oft auch dafür, warum sie noch nicht einmal VERSUCHEN wollen, Erfolg zu haben. Einige erklären, sie seien zu jung – probieren Sie einmal, dies Bill Gates zu erzählen, der Microsoft mit neunzehn Jahren ins Leben gerufen hat. Einige sind der Meinung, zu alt zu sein – versuchen Sie einmal, dies jemandem wie Oberst Sanders weiszumachen, der Kentucky Fried Chicken gründete, nachdem er 65 Jahre alt war. Sind Träume und Wunschvorstellungen groß genug, dann sind die Fakten in Verbindung mit den Gegebenheiten ohne Belang.

Sind Träume und Wunschvorstellungen groß genug, dann sind die Fakten in Verbindung mit den Gegebenheiten ohne Belang.

3. **Erfolgreiche Menschen sind vom Glück begünstigt.** Einige Leute gehen davon aus, dass es im Kosmos nur soundso oft einen „Durchbruch“ gibt – und dass ihnen keiner beschert war. Sie sind der Überzeugung, das Leben würde anders verlaufen, „wären sie nur“ am richtigen Ort zur richtigen Zeit gewesen und hätten mit den richtigen Leuten gesprochen. Erfolg ist jedoch keine Lotterie, und die Anzahl der möglicherweise erfolgreichen Menschen ist unbegrenzt. Die wirklich Erfolgreichen werden Ihnen bereitwillig erzählen, dass sich das Blatt umso mehr für sie zu wenden begann, je mehr sie mental darauf vorbereitet waren, eine Chance wahrzunehmen. „Die Wende“ stellte sich ein, als sie anfingen, einen Traum mit ihrem ganzen Herzen, Verstand und aus ganzer Seele zu verfolgen und eifrig an der Umsetzung dieses Traums zu arbeiten. Es gibt keinen Goldregen, der auf einige fällt und auf andere wiederum nicht. Große Träume, noble Ziele, eine positive Einstellung, die richtigen Wertvorstellungen sowie die gute alte Arbeit sind allen zugänglich!
4. **Erfolgreiche Menschen betrügen.** Es gibt tatsächlich eine große Anzahl von Leuten, die der Meinung sind, dass alle erfolgreichen Menschen durch Betrug, Diebstahl, Lüge oder die Manipulation irgendeines Systems reich werden. Sie glauben einfach nicht, dass ein ehrlicher, hart arbeitender Mensch Erfolg haben kann. Natürlich untermauern die Fakten diese

Denkweise in keiner Weise. Die überwiegende Mehrheit der Millionäre besteht aus hart arbeitenden Familienmenschen oder eingewanderten Amerikanern der ersten Generation, die ein kleines Unternehmen ihr Eigen nennen, jeden Tag hart arbeiten und Geld sparen, um es in die Geschäftsexpansion zu investieren. Habgier und Ehrgeiz mögen einige Leute korrumpieren, doch habgierige und ehrgeizige Menschen richten sich fast immer selbst zugrunde. Sie mögen vorübergehend reich an Geld sein, doch sind sie selten reich in all den Lebensbereichen, die wirklich von Bedeutung sind.

Wollen Sie wirklich erfolgreich sein, dann müssen Sie sich von den vier Theorien distanzieren, die ich gerade genannt habe. Sie müssen die WIRKLICHEN Fakten und Prinzipien herausfinden, die zu innerer Ruhe und Seelenfrieden … Sicherheit und Freiheit … Liebe und Ehre … sowie einem Leben von Bedeutung führen, das andere Menschen bereichert.

Mein Abenteuer Leben begann auf kleine und nicht sehr eindrucksvolle Art und Weise. Es gab da nichts Spektakuläres in Bezug auf meine frühen Jahre. Eines Tages machte ich meinen Hochschulabschluss an der Purdue University, und meine Frau Nancy und ich zogen nach Kalifornien, um uns ins Berufsleben zu stürzen. Sie arbeitete als Sprachtherapeutin für einen Schulbezirk, und meine Aufgabe war es, bei McDonnell Douglas (heute Boeing) Flugzeuge für die Verkehrsluftfahrt zu entwerfen. Wir arbeiteten beide so viele Stunden, dass wir uns kaum sahen – was wir als großen

Schock empfanden, da wir im College anscheinend ständig zusammen gewesen sind. Meine Welt erschien mir bedrückend negativ und einengend. Schaute ich mir das jeweilige Leben derjenigen an, die es auf der beruflichen Karriereleiter weiter gebracht hatten als ich ... dann wollte ich auf keinen Fall das haben, was die Betreffenden hatten. Was für eine bestürzende Entdeckung, dass meine gesamte Ausbildung mich in Richtung einer Industrie dirigiert hatte, bei der ich das Gefühl nicht loswurde, in der Falle zu sitzen!

So wagten wir also den Schritt in die Herausforderung, uns mit einem eigenen Unternehmen selbständig zu machen. Zunächst war es nur ein kleiner Schritt, doch ich entdeckte schnell eine vollkommen neue Welt. Als Unternehmer musste ich ein Marketingteam sowie einen Kundenstamm aufbauen. Das war Neuland für mich. Nancy beobachtete mein Verhalten im Umgang mit Menschen und gab mir schnell den Rat „mir Persönlichkeit zuzulegen“, wollte ich vorankommen. Sie hatte Recht!

Ich fing an, Bücher zu lesen, um mich umzuschulen. Die ersten beiden Bücher, die ich las, hinterließen bei mir einen tiefen Eindruck – es handelte sich um *The Magic of Thinking Big* (dt. Titel: Denken Sie groß – Erfolg durch großzügiges Denken) von David Schwartz sowie *How to Win Friends and Influence People* (dt. Titel: Wie man Freunde gewinnt – die Kunst, beliebt und einflussreich zu werden) von Dale Carnegie.

Ich begann, etwas darüber zu lernen, was Menschen motiviert und welche Bedeutung die Einstellung hat. Ich erfuhr etwas über Zielsetzung, Kommunikation und wie Angst zu überwinden ist. Es kam mir vor, als entdeckte ich die Karte zu einem geheimen Schatz. Ich las Bücher von Maxwell Malz, Napoleon Hill, W. Clement Stone und Norman Vincent Peale – später dann von Zig Ziglar, John Maxwell, Dennis Waitley, Anthony Robbins und von buchstäblich hunderten anderen Autoren. Ich besuchte Seminare und hörte mir Audiokassetten an.

Ich entdeckte, dass die Geschäftswelt nicht annähernd so stark von Logik wie von Emotion geprägt wird. Die Menschen sind mehr an Inspiration als an Information interessiert. Sie wollen, dass die Dinge simpel sind. Sie wollen, dass man ihnen Respekt entgegenbringt, ihnen zuhört, und möchten das von ihnen Erreichte sowie ihre guten Leistungen anerkannt wissen. Es gab so viel, was ich nicht wusste … und mein Lernprozess dauert auch heute noch an. Ich höre mir immer noch CDs an, lese Bücher und führe fast täglich Gespräche mit Menschen, die das getan haben, was ich tun möchte oder mir einiges an Einsicht und Perspektive in Hinsicht auf den nächsten Schritt vermitteln können, den ich gehen möchte.

Ich entdeckte, dass die Geschäftswelt nicht annähernd so stark von Logik wie von Emotion geprägt wird.

Im Laufe der Jahre habe ich Tausende von Menschen beobachtet, die aus den schlimmsten Verhältnissen stammten, das geringste sichtbare Talent zeigten, von der meisten Angst erfüllt waren, das übelste Schicksal erfahren hatten und sich weigerten zu betrügen, und war ihnen eine Hilfe … und habe sie einen Erfolg erleben sehen, der ihre kühnsten Träume übertraf. Ich habe jedoch auch Menschen mit großem Talent, guten Voraussetzungen, denen alles leicht fiel, ihr Potenzial vergeuden sehen oder miterlebt, dass sie es nicht fertig bringen, Hindernisse zu überwinden und einen Job zu Ende zu führen. Wie schade!

Ich habe auch erfahren, was fehlende Integrität aus jemandem machen kann, der über ein riesiges Talent verfügt.

Ich habe gesehen, wie viel Mut ein simpler, einfacher, jedoch hoch motivierter Mensch an den Tag legen kann, wenn er mit einem riesigen Problem konfrontiert wird.

Der Gedanke beflügelt mich und ich bin nach wie vor voller Optimismus in Bezug auf das Potenzial, das in jedem Menschen steckt.

Im Leben geht es darum, Menschen zu lieben, ihnen zu dienen, sie zu beflügeln und zu ermutigen.

Unsere Unternehmen stellen heute Millionen von Hörkassetten in fünfzehn oder mehr Sprachen her. Wir produzieren Bücher, haben global Websites eingerichtet und führen weltweit Seminare durch. All diese Produkte und Programme gründen sich auf eine sehr SIMPLE Botschaft: Im Leben geht es darum, Menschen zu lieben, ihnen zu dienen, sie zu beflügeln und zu ermutigen.

Wir beginnen damit, unsere eigenen Familienmitglieder zu lieben, ihnen zu dienen, sie zu beflügeln und zu ermutigen – und dann bewegen wir uns ins Umfeld, zu unseren Freunden, Nachbarn und engen Geschäftspartnern. Erfolg ist nicht so sehr ein Ziel als vielmehr ein Prozess. Er stellt eine Denk- und Lebensweise dar. Und … er ist für Sie greifbar, wenn Sie ihn wollen.

Dieses Buch enthält nicht sämtliche Prinzipien des Erfolgs. Es enthält jedoch die für den Aufbau eines soliden Erfolgsfundaments notwendigen. Sind Sie gerade dabei, etwas Neues zu wagen oder einen Traum zu verfolgen, dann kann Ihnen dieses Buch ein Leitfaden sein. Sind Sie auf dem besten Weg, sich zur Führungskraft für andere zu entwickeln, dann werden Sie auf Prinzipien stoßen, die es wert sind, denjenigen gelehrt und weitergegeben zu werden, die Sie führen. Sind sie ein Elternteil, dann handelt es sich hier um Prinzipien, die es wert sind, vorgelebt und Ihren Kindern beigebracht zu werden.

Prinzipien – soweit sie wirklich welche sind – sollten überall auf Menschen aller Kulturen, Nationen und Situationen anwendbar sein. Wir haben festgestellt, dass die in diesem Buch präsentierten Prinzipien diesem Standard entsprechen.

Da ist nichts kompliziert oder übermäßig schwierig in puncto:

- Große Träume zu haben
- Weisheit und Demut anzustreben
- Hart zu arbeiten
- Mehr zu lachen
- Eine positive Einstellung zu pflegen
- An Chancen zu glauben

oder

- Ein Ziel mit Ihrem ganzen Herzen, Verstand und aus ganzer Seele zu verfolgen

Geht es darum, dass jemand Erfolg hat … warum dann nicht Sie?

Was man vor Augen hat, das bekommt man auch.

1

DIE SKULPTUR

Man erzählt sich die Geschichte von der großen Granitstatue eines majestätischen Pferdes, das sich in Erwartung eines Kampfes auf seine Hinterbeine erhebt. Die Menschen staunten über die erforderliche Fertigkeit, um dieses prächtige Kunstwerk zu schaffen und fühlten sich durch das Engagement und die Leidenschaft des Bildhauers inspiriert. Es war nur schwer vorstellbar, wie die Schönheit und Urkraft dieses Tieres aus etwas geschaffen werden konnten, das ursprünglich ein formloser Felsbrocken war.

Eines Tages fragte man den Bildhauer: „Wie haben Sie es geschafft, ein derartig feines Kunstwerk nur mit einem kleinen Hammer und einem Meißel herzustellen?“

Er erwiderte: „Nun, ich begann einfach wie immer mit einem großen Felsbrocken. Ich stellte mir das Objekt meiner Schöpfung innerlich vor. Dann benutzte ich schlicht und einfach Hammer und Meißel, um all das zu entfernen, das analog der Version vor meinem geistigen Auge nicht zur Statue gehörte. Schließlich kristallisierte sich das Pferd so heraus, wie ich es mir vorgestellt hatte."

Jedes Mal, wenn wir mit einem Projekt beginnen oder eine Mission als Führungskraft übernehmen, müssen wir uns in unseren Gedanken erst einmal ein klares Bild des endgültigen Ergebnisses ausmalen, zu dem wir kommen wollen. Wir müssen in der Lage sein zu SEHEN, wie ein exzellentes, erfolgreiches, effektives Ergebnis *ausschaut.* Nur dann können wir die Hoffnung hegen, erfolgreich durch Ablenkungen und Hindernisse hindurch zu navigieren, während wir all jene Dinge „über Bord werfen", die nicht zu unserer Vision und unserem Ziel passen.

Dieses Grundprinzip trifft auf persönliche wie geschäftliche Ziele zu. Es bezieht sich sowohl auf kurzfristige Projekte als auch auf gravierende Lebens- oder Karriere-Entscheidungen. Wir müssen fragen:

- Was will ich im Endeffekt, um das Gefühl des Erfolgs zu empfinden?
- Wie SIEHT das endgültige Ziel aus?
- Welche Details werden im Endprodukt vorhanden sein?
- Was wird die endgültige Beschreibung beinhalten?

Vor Jahren wurde mir die Geschichte eines jungen Mannes erzählt, der den Rat eines vertrauenswürdigen und weisen Lehrers suchte. Er hatte seinem Lehrer gegenüber den Wunsch geäußert, ein zielgerichtetes und erfülltes Leben zu führen – ein Leben, das „wirklich von Bedeutung" war. Der Lehrer fragte: „Wie schauen Ihre Pläne aus, junger Mann?"

Der junge Mann entgegnete: „Ich will meine Grundausbildung abschließen und dann die Universität besuchen."

Der Lehrer fragte: „Und was dann?"

Der junge Mann fuhr fort: „Dann werde ich meine Karriere beginnen und heiraten."

Und wieder fragte der Lehrer: „Und was dann?"

Der junge Mann entgegnete voller Enthusiasmus: „Dann werde ich hart arbeiten, meine finanzielle Situation verbessern und eine Familie gründen."

Darauf der Lehrer: „Und was dann?"

Aufgrund der kontinuierlichen Wiederholung der Frage seitens seines Lehrers, zeigte der junge Mann erste Anzeichen von Frust. Er erklärte: „Ich gehe mal davon aus, es zu Wohlstand zu bringen, meine Kinder großzuziehen und dann irgendwann über den Ruhestand nachzudenken."

Der Lehrer setzte sein Nachbohren fort: „Und was dann?"

Der junge Mann erwiderte mit zunehmender Empörung: „Nun, ich gehe mal davon aus, dass ich dann alt sein werde und sterbe."

Der Lehrer fragte mit einem Seufzer: „Und was dann?"

Der junge Mann war völlig verwirrt und entgegnete nach ein paar Momenten tiefen Nachdenkens ruhig: „Ich weiß nicht, was danach kommt."

Der Lehrer antwortete: „Junger Mann, so lange Sie diese eine endgültige Frage nicht beantwortet haben, sind die anderen nicht wirklich von Bedeutung."

Ist das Leben nun die Summe aus dem Dasein eines Menschen? Ist dies hier alles, was existiert? Sollte dem so sein, dann sind vielleicht Vergnügen und materieller Erfolg die einzigen Spielchen, um die sich alles dreht. Sind Schönheit und Geld und Macht die erstrebenswerten Ziele, dann liegen die Mittel zur Umsetzung dieses Strebens ziemlich klar auf der Hand – und bringen keine Erfüllung. Gibt es jedoch etwas nach dem Leben ... existiert ein tieferer Sinn ... gibt es einen Wertfaktor, der über das temporäre Geldverdienen und die Beförderungen auf der Karriereleiter hinausgeht ... dann liegt in Beantwortung der „und nach dem Tod, was dann?"-Frage unsere primäre und vornehmste Herausforderung.

Viele Definitionen für Erfolg konzentrieren sich auf die vier Ps: Pleasure (Vergnügen), Power (Macht), Prosperity (Wohlstand) und Popularity (Popularität). Werbeleute und Medienprogramme zelebrieren die „beautiful people" und stellen die Mächtigen und Reichen als diejenigen dar, die „alles haben". Und doch stoßen wir wieder und wieder auf den Beweis, dass es sich hierbei um genau jene Menschen handelt, die anscheinend von Sorgen und Ruhelosigkeit geplagt sind. Gerichtsverfahren, Selbstmorde, Drogen und Scheidungen werden im Leben dieser Menschen, die unsere moderne Gesellschaft oft als erfolgreich hofiert, als „normal" betrachtet.

Heißt das nun, dass Erfolg etwas Schlechtes ist? Sind Geld und Macht demnach etwas Unrechtes? Zeigt sich damit, dass der Preis für den Erfolg zu hoch ist?

Nein, ich bin fest von der Möglichkeit überzeugt, einen wirklichen Sinn zu erfüllen und Geld die Chance einzuräumen, ein Werkzeug zur Erfüllung dieses Zwecks zu sein. In den Händen eines Menschen, der von starken Wertvorstellungen geprägt ist und noble Absichten verfolgt, können Wohlstand und Einfluss mächtige Kräfte zum Guten sein. Erforderlich ist jedoch eine neue Definition für den Erfolg in Bezug auf höhere Werte! Wir müssen unsere Prioritäten mit dem Endziel vor Augen definieren. Wir müssen dafür sorgen, dass unsere täglichen Entscheidungen sowie unsere mittelfristigen Ziele im Einklang mit dem „Endresultat" stehen, das wir vor unserem geistigen Auge haben.

In den Händen eines Menschen, der von starken Wertvorstellungen geprägt ist und noble Absichten verfolgt, können Wohlstand und Einfluss mächtige Kräfte zum Guten sein.

Im Endeffekt ist Erfolg nicht einmal annähernd so wichtig wie Bedeutung. Fangen Sie an, in Begriffen von Bedeutung zu denken. Was ZÄHLT wirklich? Was ist wirklich von BELANG? Wodurch wird sich Ihr Leben auszeichnen und was wird zu Ihrem VERMÄCHTNIS sowie Ihrer ultimativen REPUTATION werden?

Fast jeder, den ich kenne, würde Folgendes als gutes Ausgangsprofil für ein Leben von Bedeutung betrachten:

- Ein unerschütterlicher Glaube
- Eine gute und beständige Ehe
- Eine stabile Gesundheit
- Starke Familienbande
- Auf harter Arbeit und auf der richtigen Denkweise basierender materieller Erfolg

- Ein tiefes Gefühl der Zufriedenheit, seine Zeit und seine Bemühungen für die Verfolgung nobler Werte und hoher Ideale eingesetzt zu haben

Der Mensch, der ein Leben mit besagten charakteristischen Merkmalen lebt, steht vielleicht nicht ganz oben im Organigramm ... oder aber befindet sich genau dort! Der Mensch, der ein Leben analog diesem Profil lebt, ist vielleicht kein Multimillionär ... oder vielleicht doch! Diese Person erfährt vielleicht als Führungskraft keine Anerkennung im sozialen Umfeld ... oder aber genau dort! Eines steht aber fest: Bei einem Menschen, der analog besagtem Profil für BEDEUTSAMKEIT lebt, handelt es sich um jemanden, der nach eigenem Herz und Verstand sowie auch in den Herzen und Köpfen der geliebten Familienmitglieder und Freunde mit Sicherheit zu den Gewinnern zählt.

Ohne sich ein klares Bild davon zu machen, wo Sie sein und wer Sie sein wollen, wird Ihr Leben bestenfalls eine Kette von Reaktionen und schlimmstenfalls getrieben sein von hohlen Bestrebungen, die im Endeffekt ein Gefühl der Leere, der Unzufriedenheit und der Unerfülltheit hinterlassen.

Das Leben besteht aus einer Summe von Entscheidungen

Das Leben steckt voller Entscheidungen. Einige Entscheidungen sind klein. Andere sind größer, wie zum Beispiel: „Wen werde ich heiraten?“, „Will ich Kinder haben?“, „Wie wird meine Karriere oder mein Beruf ausschauen?“, und „Welche geistigen Überzeugungen und inneren Wertvorstellungen habe ich?". Oder wie jemand es einmal zum Ausdruck gebracht hat: „Über den Unterschied zwischen kleinen und größeren Entscheidungen sind wir uns lediglich im Nachhinein im Klaren." Die Entscheidung, sich nach links statt nach rechts zu wenden, kann von großer Bedeutung sein, wenn es sich um eine „Hauptstraßenkreuzung" handelt, wie zum Beispiel, ob man das College besucht oder einen bestimmten Job annimmt.

Einige Entscheidungen sind im Laufe der Zeit Veränderungen unterworfen. Bei anderen wiederum sollte es sich um Entscheidungen handeln, die ungeachtet der Umstände nicht diskutiert werden. Letztere sollten auch definitiv die Entscheidungen eines Menschen in Bezug auf geistige Überzeugungen und Kernwertvorstellungen beinhalten.

Einige Entscheidungen sind „reagierend" in Bezug auf die Umstände – mit anderen Worten: Wir treffen eine Entscheidung, nachdem sich Umstände ergeben haben, die wir nicht unter Kontrolle hatten. Bei anderen Entscheidungen wiederum handelt es sich um solche, die Umstände KREIEREN.

Eine der wichtigsten Entscheidungen, die ein Mensch meiner Meinung nach treffen kann, ist die Entscheidung in puncto Ehepartner. Um hier Erfolg zu haben, muss nach meinem Dafürhalten jemand eine Entscheidung treffen und dann aus der Position des totalen Engagements heraus agieren, um den jeweiligen Partner zu „bereichern". Während wir danach trachten, jemandem zu dienen und ihn zu lieben, erleben wir, wie wahre Liebe immer tiefer reicht und noch mehr zur Erfüllung wird. Zu viele Menschen lassen sich einfach scheiden, weil sie ein Konzept für die Liebe haben, das mehr auf Gefühlen und Gegebenheiten als auf einer Entscheidung basiert, zu der man steht.

Vor Jahren habe ich einen Artikel über einen sehr profilierten Filmstar gelesen, ein Actionheld, der sich von seiner Frau nach der Geburt ihres Kindes scheiden ließ. Das Kind litt an Autismus und hatte mit ernsthaften Problemen zu kämpfen. Als dieser Mann nach dem Grund für seine Scheidung gefragt wurde, da meinte er: „Nach unserem Kind und all den Problemen ... es war einfach nicht mehr lustig."

Was für ein schrecklicher Scheidungsgrund! Ich habe im Prinzip keine konkrete Vorstellung dessen, was in Leben und Ehe der Betreffenden passiert ist, der Kommentar war jedoch typisch für das, was wir Tag für Tag zu hören bekommen: „Ich *empfinde* einfach nicht mehr dasselbe", oder: „Ich habe jemanden gefunden, der mich besser behandelt", oder: „Ich habe mehr Spaß mit jemand anderem."

Ein Leben, das in klaren Wertvorstellungen, Sinn und Zweck sowie Verpflichtung wurzelt, ist solide und durch nichts zu erschüttern.

Ein Leben, in dem Situationen und Emotionen Auslöser für Entscheidungen sind, wird mühelos von Beziehung zu Beziehung, von Karriere zu Karriere und in der Regel von Fiasko zu Fiasko getrieben.

Ein Leben, das in klaren Wertvorstellungen, Sinn und Zweck sowie Verpflichtung wurzelt, ist solide und durch nichts zu erschüttern. Es führt zu *Bedeutsamkeit*, wozu Erfolg in allen Lebensbereichen gehört: der geistige Bereich, der Bereich der Beziehungen und Emotionen sowie der materielle und finanzielle Bereich.

Als unser Sohn Eric zur Welt kam, wurde unser Leben für eine Reihe von Jahren ziemlich kompliziert. Eric wurde mit Spina bifida geboren – hierbei handelt es sich um einen Geburtsfehler, bei dem sich das Rückenmark nicht richtig bildet. Die Geburt eines Spina-bifida-Babys ist gewöhnlich von vielen Komplikationen begleitet. Erics Situation war insofern kompliziert, als der Arzt den Zustand bei der Geburt nicht erkannte, was zu einer Infektion der offenen Wirbelsäule und der Rückenmarksflüssigkeit führte. Daraus entstand Meningitis, was wiederum eine Operation nach der anderen mit sich brachte. In besagtem ersten Jahr seines Lebens hat Eric elf Gehirnoperationen durchgemacht. Eine Kanüle wurde gelegt, um Flüssigkeit aus seinem Gehirn direkt in den Bauchbereich zu leiten, und dieses Röhrchen ist selbst heute noch notwendig. Nach seiner Geburt konnten wir ihn neun Monate lang nicht aus dem Krankenhaus nach Hause holen. Das war ein schlimmes Jahr!

Unsere Tochter Heather war bei Erics Geburt viereinhalb Jahre alt. Die finanzielle Situation unseres neuen Geschäfts erwies sich als sehr instabil. Unser Leben wurde anscheinend in Dutzende von Richtungen gezerrt und wir hatten das Gefühl, durch jede Art von Desaster extrem verwundbar zu sein. Wir mussten unsere Tage ausbalancieren zwischen Heather, um die wir uns zu Hause kümmerten, und Eric, um den wir uns im Krankenhaus kümmerten. Wir mussten Arbeitszeit und Krankenhauszeit ausbalancieren. Wir brauchten mehr Geld als je zuvor und hatten weniger Zeit, um es zu verdienen. Wir wurden mit enormen Krankenhausrechnungen konfrontiert, da unsere kleine Versicherung nach Erics erster Woche im Krankenhaus nichts mehr abdeckte. Die Belastung für unsere Ehe war immens. Statistiken besagen, dass die Geburt eines behinderten Babys in 85 Prozent aller Fälle zur Scheidung der Eltern des Babys führt. Wir waren entschlossen, NICHT Teil besagter Statistik zu werden!

Unseren Kindern ein liebevolles und dauerhaftes Zuhause zu geben sowie eine liebevolle und engagierte Ehe zu führen war Teil der klaren Vision, die wir für unser Leben festgelegt hatten.

Nancy und ich hatten andere Alternativen im Auge. Wir beschlossen, NICHT aufzugeben ... unter KEINEM Aspekt unseres gemeinsamen Lebens! Wir fassten den Entschluss, uns mit unserem Schmerz auseinander zu setzen, mit der Belastung fertig zu werden, uns vom Thema Vorwurf frei zu machen und stärker als je zuvor aus dem Ganzen hervorzugehen. *Unseren Kindern ein liebevolles und dauerhaftes Zuhause zu geben* sowie *eine liebevolle und engagierte Ehe zu führen* war Teil der klaren Vision, die wir für unser Leben festgelegt hatten.

War das Ganze einfach? Nein.

War es die Sache wert? JA!

Trafen wir eine Entscheidung – eine Entscheidung, die in Wertvorstellungen und Engagement wurzelte? Absolut.

Wir mussten nicht nur Entscheidungen in Bezug auf unsere Ehe und Familie treffen, wir mussten auch Entscheidungen treffen, die unsere Finanzen betrafen. Nancy und ich, wir wollten beide ein qualitativ hochwertiges Leben für unsere Familie. Wir wollten mit Sicherheit kein Leben, das von Schulden in schwindelnder Höhe gegenüber Krankenhaus und Ärzten geprägt war. Wir wollten kein Leben, das sich durch Bankrott oder Armut auszeichnete. Uns war klar, dass wir einige ernsthafte Entscheidungen zu treffen hatten, und zwar in Bezug darauf, WIE wir uns die bestmögliche medizinische Versorgung leisten und unseren Kindern einen Lebensstandard von Qualität bieten konnten. Wir sahen uns ebenfalls mit Entscheidungen konfrontiert, wie wir unsere Zeit managen sollten.

Wir FASSTEN DEN ENTSCHLUSS, uns auf Lösungen, nicht auf Hindernisse zu konzentrieren.

Wir FASSTEN DEN ENTSCHLUSS, uns eine Zukunft vorzustellen, in der wir alles hatten, was für uns von Wert war, und zwar in angemessenem Gleichgewicht.

Wir FASSTEN DEN ENTSCHLUSS, das, was uns gegeben war, als gegeben hinzunehmen und zu dem Erfolg zu machen, den wir uns vorstellten.

Unsere Vision von einem Leben in Wohlstand sowie mit Sinn und Zweck hat sich im Endeffekt erfüllt. Das Ganze ist nicht über Nacht geschehen, aber es ist geschehen. Jetzt, wo dieses Buch entsteht, sind Nancy und ich schon seit mehr als 37 Jahren verheiratet. Unsere Kinder sind erwachsen. Wir haben einen Beruf, der uns echtes Wohlergehen beschert – nicht nur in Hinblick auf Geld, sondern auch in Hinblick auf Sinn und Zweck, Erfüllung und Zufriedenheit.

Ich stelle den Wert von Geld mit Sicherheit nicht in Abrede. Geld kauft kein Glück ... doch Armut tut es genauso wenig. Ich weiß, wie es ist, arm zu sein, und ich weiß, wie es ist, wohlhabend zu sein, und mir ist wohlhabend lieber. Als Mensch mit den adäquaten Ressourcen stehen mir mehr Optionen offen und ich muss weniger Zeit damit verbringen, das Lebensnotwendige zu beschaffen oder mich mit dem Frust auseinander zu setzen, der sich bei limitierten Möglichkeiten einstellt. Ich bin dankbar für die Erinnerungen, die wir schaffen sowie für die Dinge, die wir unserer Familie und anderen Menschen ermöglichen konnten. Geld ist ein wunderbares Instrument, um Dinge zu vollbringen, die im Unvergänglichen wurzeln. So wie Erfolg nicht gleichbedeutend ist mit Bedeutsamkeit, so ist auch Geld nicht gleichbedeutend mit Reichtum.

So wie Erfolg nicht gleichbedeutend ist mit Bedeutsamkeit, so ist auch Geld nicht gleichbedeutend mit Reichtum.

Nancy und ich haben den Entschluss gefasst, ein in all den Bereichen bedeutsames und reiches Leben zu führen, die für uns wirklich von BEDEUTUNG sind: Unser Glaube, unsere Familie, unsere Freunde sowie unser Engagement, Menschen in Not zu helfen.

Sollte ich die drei Schlüsselprinzipien zusammenfassen müssen, die sich im Laufe der Jahre zum Kernstück unserer „verbindlichen Entscheidungen“ entwickelt haben, dann wären es:

- Der Glaube an einen Gott, der uns liebt
- Der Fokus auf ein positives, produktives Leben
- Die Weigerung, sich von Gegebenheiten aus der Fassung bringen zu lassen

Ich hege absolut keinerlei Zweifel daran, dass diese Prinzipien für alle Menschen funktionieren können und werden, denen klar ist, was sie am Ende ihres Lebens erreicht haben wollen, und die bereit sind, täglich die richtigen Entscheidungen zu treffen, um ihre auf Wertvorstellungen basierenden Ziele zu verfolgen.

Was fassen SIE als erfüllend und lohnend ins Auge?

Nehmen Sie sich ein paar Augenblicke Zeit, um darüber nachzudenken, was Sie wirklich als erfüllend und lohnend empfinden. Wie könnte Ihrer Meinung nach ein „erfülltes" und „verdienstvolles" Leben heute in zehn, zwanzig, dreißig oder mehr Jahren ausschauen? Wie definieren Sie ein Leben von BEDEUTUNG ... und nicht nur einfach des Erfolgs?

Jemand hat einmal gesagt, dass wir vom Leben nicht das bekommen, was wir verdienen, doch in der Regel bekommen wir das, was wir erwarten. Die Bibel sagt das Gleiche: Dem, welchem viel gegeben wurde, von dem wird auch viel verlangt werden.[1]

Wir bekommen vom Leben nicht das, was wir verdienen, doch wir bekommen in der Regel das, was wir erwarten.

Versetzt Sie das in Angst und Schrecken? Das sollte es nicht. Ich hoffe, dass Sie in großen Dimensionen denken und ein großartiges und reichhaltiges Leben voller Glück vor sich haben. Meiner Meinung nach ist es wunderbar und nobel, auf ein ENORM bedeutsames und reichhaltiges Leben zu hoffen, und zwar in allen Bereichen, die bedeutungs- und sinnvoll sind.

Fangen Sie an, sich vor Ihrem geistigen Auge lebhaft auszumalen, wie Ihr Leben Ihren Vorstellungen nach heute in zwei bis fünf Jahren ausschauen soll, und dann in zehn Jahren ab heute. Sehen Sie sich nicht einfach nur als jemanden, der sich wohl fühlt und frei von Kummer ist. Sehen Sie sich Dinge von wirklicher Bedeutung vollbringen. Seien Sie sich darüber im Klaren, dass zu einem bedeutsamen Leben auch einige Erinnerungen in puncto „Herausforderungen gemeistert" sowie „Hindernisse überwunden" gehören – in einem wirklich bedeutsamen Leben mag es Probleme geben, jedoch sollte es keinerlei Bedauern kennen.

Lassen Sie Ihre Alternativen sowie das Bild Ihrer ureigenen Zukunft zum Leitfaden für Ihre täglichen Entscheidungen werden.

Ergeben sich bestimmte Situationen und macht sich Verzweiflung bei Ihnen bemerkbar, dann befreien Sie sich von allem, was nicht in Ihre ultimative Vision in puncto Ihrer eigenen Bedeutsamkeit und Wertigkeit passt.

Ein Bild in Ihren Gedanken entstehen lassen

Doch wie, so fragen Sie vielleicht, komme ich nun zu diesem gedanklichen Bild? Haben Sie keine klare Vorstellung davon, wie Ihre Zukunft Ihren Wünschen nach ausschauen sollte, dann müssen Sie sich vielleicht auf das Bild zurückbesinnen, das Sie zu irgendeinem früheren Zeitpunkt in Bezug auf Ihre Zukunft hatten. Haben Sie sich vorgestellt, in einem bestimmten Zuhause zu leben ... im Kreis von Familie und Freunden ... ein spezielles Ziel erreicht zu haben ... einen bestimmten Beruf auszuüben ... ein Gespür für Sinn und Zweck sowie Wertigkeit zu entwickeln?

Besagter früherer Traum ist wahrscheinlich Ihr aktueller Traum – er ist vielleicht nur ein bisschen verblasst! Sie müssen diesen Traum möglicherweise entstauben und ihn sich dann als eine starke, klare sowie dauerhafte Vision für Ihre Zukunft wieder vor Augen halten.

In einem wirklich bedeutsamen Leben mag es Probleme geben, jedoch sollte es keinerlei Bedauern kennen.

Vielleicht haben Sie niemals eine klare mentale Vision in Bezug auf Ihre eigene Bedeutung gehabt. Heute ist der Tag gekommen, eine solche zu entwickeln.

Denken Sie auch daran, dass sich das Bild von Ihrer Zukunft im Laufe der Zeit entwickeln und mehr in den Mittelpunkt rücken kann.

Vor etwa fünfzehn Jahren habe ich bei einem Kongress für Männer und Frauen, die sich ihr eigenes Geschäft aufgebaut haben, zu fast 25 000 Menschen gesprochen. Ich habe zu ihnen über Führungs- und Erfolgsprinzipien gesprochen. Im Anschluss an diese Konferenz verspürte ich den starken Wunsch, eines Tages eine solche Gruppe aus meinen eigenen Geschäftspartnern und Teamkollegen zusammenzurufen.

Bis zu diesem Zeitpunkt war es mir nie gelungen, mehr als etwa 2000 meiner eigenen Geschäftspartner zusammenzuholen. Es gibt da einen beträchtlichen Unterschied in Bezug auf Budget und Planung für eine Veranstaltung mit 2000 Menschen und eine, in die 25 000 Menschen einbezogen sind! Doch selbst dann träumte ich von einer derartigen Veranstaltung, um die besten, erfolgreichsten und glorreichsten Leute meines eigenen Geschäfts zu präsentieren. Ich träumte von einem Auditorium von mehr als 20 000 Menschen. Ich konnte eine solche Veranstaltung vor meinem geistigen Auge SEHEN – es war eine großartige Veranstaltung, so wie ich sie mir vorstellte! Mein mentales Bild war ausgeprägt, zeigte lebendige Details und eine kristallene Klarheit.

Etwa zu diesem Zeitpunkt hatte ich aufgrund drängender „Ermunterung" seitens meiner Frau Nancy die Entscheidung getroffen, unsere geschäftlichen Ausbildungsaktivitäten auf internationale Ebene zu expandieren. Unsere ersten Unternehmungen auf der globalen Bühne waren bescheiden und zeichneten sich durch einige Schwierigkeiten aus; es war uns jedoch gelungen, in einigen wenigen Märkten Büros zu etablieren und wir nahmen zahlenmäßig zu. Ich begann, einen wachsenden internationalen Markt zu SEHEN und das Ganze zu verfolgen.

Um nun eine sehr lange Geschichte auf den Punkt zu bringen: Schließlich waren wir mit Niederlassungen in mehr als zwanzig Ländern in Europa, Afrika, Asien und Australien vertreten. Wir fingen an, Seminare durchzuführen sowie unterstützendes Material in der jeweiligen Landessprache besagter Regionen weltweit zu produzieren. Die Anzahl der wissbegierigen, lernbereiten und dankbaren Menschen wuchs und wuchs. Ihre Geschichten waren und sind von tiefster Inspiration.

Und ... bei meiner ersten Veranstaltung in Ungarn erlebten wir einen Teilnehmerkreis von 50 000 Menschen! Dann sahen wir uns 20 000 Teilnehmern bei einer Veranstaltung in Polen gegenüber. Ähnliche Zahlen waren uns an anderen Orten in ganz Osteuropa beschert.

Schließlich erlebten wir, wie 20 000 Menschen an unserer Veranstaltung in einem Freiluft-Fußballstadion in Indonesien teilnahmen. Rund 40 000 kamen zu einer ähnlichen Veranstaltung in Mumbai (Bombay) in Indien, und so ging es immer weiter.

Eine Veranstaltung in Indonesien ist uns besonders in Erinnerung geblieben. Nancy und ich erlebten zu unserem großen Erstaunen, wie 7000 Menschen während eines gewaltigen tropischen Regensturms zwei Meeting-Tage lang auf ihren Plätzen in einem FREILUFT-Stadion ausharrten! Das ist Engagement.

Hunderttausende von Menschen in unserem Team engagieren sich nun weltweit dafür zu lernen und sich zu entfalten, und zwar sowohl auf geschäftlicher Ebene als auch in ihrem Privatleben. Meine Vision ist zur Realität geworden!

Uns stehen Sprecher und Gastgeber von Weltklasse zur Verfügung. Wir bieten qualitativ hochwertiges Ausbildungsmaterial und wir kreieren ein extrem inspirierendes Umfeld. Schaue ich mir das Auditorium an, zu dem ich heute spreche, dann darf ich Ihnen versichern, dass es den 20 000 Menschen, die ich vor fünfzehn Jahren vor mir gesehen habe, erstaunlich ähnlich sieht.

Tatsächlich wird meine Originalvision durch die Realität noch beträchtlich übertroffen. Alle paar Monate erreichen wir nicht nur 25 000, sondern mehr als 250 000 Menschen. Wir sind global aktiv und nicht auf ein Land limitiert. Wir sind in mehr als fünfzehn Sprachen präsent – von Hindi über Mandarin bis hin zu Türkisch und Russisch.

Was ich mit meinem GEISTIGEN Auge gesehen habe ist jetzt das, was ich mit meinen NATÜRLICHEN Augen sehe. Was sich in meinem Leben abgespielt hat, das kann sich auch in Ihrem abspielen.

Das Leben, das Sie führen WOLLEN

Das Prinzip, die Realisierung Ihrer Ziele zu SEHEN, funktioniert übrigens in allen Lebensbereichen.

Viele Jahre träumten meine Frau Nancy und ich davon, einen Zweitwohnsitz am Strand zu haben. Diese Vorstellung gehörte besonders zu Nancys Passionen. Die Vision eines zweiten Zuhauses bedeutete Frieden, Freiheit sowie einen Platz, um über das Leben nachzudenken.

Dieses Prinzip, die Realisierung Ihrer Ziele zu SEHEN, funktioniert übrigens in allen Lebensbereichen.

Vor einigen Jahren haben wir einen Wohnsitz auf Hawaii gemietet, in der Nähe von Diamond Head, nur ein paar Meilen von Waikiki Beach entfernt. Das Zuhause war schön und unsere Kinder verbrachten dort einen tollen Monat mit uns. Ein Stückchen den Strand hinunter befand sich jedoch ein PRÄCHTIGER Wohnsitz. Er war insofern einmalig, als ihn eine große grüne Rasenfläche umgab, die wunderbar gepflegt war und sich den ganzen Weg vom Haus zum Strand hinunter erstreckte. Der Garten dieses Hauses sah aus wie ein Park. Nancy bewegte sich in ihrer Vision in puncto Strandhaus auf eine neue Stufe!

Nancy hatte schon immer ein Faible für große, weitläufige Terrassen gehabt, wo jemand oder eine Gruppe von Leuten unter einem Ventilator und mit Blick auf den Ozean im Schatten sitzen könnten. Sie ergänzte ihre Vision einer Terrasse durch die Vorstellung, parkähnliche Rasenanlagen hinter der Terrasse zu sehen, und hinter dem Grasbereich dann Strand und Ozean. Unser Motto hieß nun: „Terrasse, Rasen, Strand, Wasser."

Im Laufe der kommenden Jahre bereisten wir eine Reihe exotischer Plätze, inklusive Hawaii, Karibik, Großes Barriereriff sowie Orte in Griechenland, Italien und Frankreich mit Blick auf das Mittelmeer. Wir schauten uns Strandimmobilien auf Hawaii, in Florida und Kalifornien an. Jedes Mal, wenn Nancy ein hübsches Plätzchen sah, lautete ihre regelmäßige Frage: „Wo ist der Terrasse-Rasen-Strand-Wasser-Traum?" Einige der Plätze hatten eine Terrasse sowie Strand ... einige hatten Wasser und Rasen ... einige hatten Wasser und eine Terrasse ... einige hatten Rasen, jedoch keinen Strand. Keiner von ihnen entsprach genau dem, was sie sich ausgemalt hatte. Sie hatte das GESAMTE visualisiert, nicht nur einen Teil. Also suchten wir weiter.

Dann kam vor ein paar Jahren der Tag, an dem wir uns nach einem Plätzchen umschauten, um es für ein Jahr zu leasen, da wir uns in Florida niederlassen wollten. Wir wurden zu einem Haus gebracht, das für uns die Überraschung schlechthin war. Wir traten durch das Tor, das zu einem großen Grundstück direkt am Ozean führte, und gingen hinein. Als wir die große Terrasse an der Rückseite des Hauses betraten, entdeckten wir etwas Erstaunliches: einen gut 4000 Quadratmeter wundervoll gemähten Rasen, der sich vom Haus direkt zum Strand und zum Wasser hin erstreckte. Terrasse, Rasen, Strand, Wasser – Nancy hatte ihr Strandhaus gefunden!

Von diesem Moment an blieb mir keine Wahl. Wir MUSSTEN das Haus kaufen. Hätte der Besitzer oder Makler gewusst, wie sehr wir dieses Haus haben wollten, wäre es ihm mit Sicherheit möglich gewesen, mehr Geld dafür zu bekommen. Wir MUSSTEN es einfach haben – es passte so perfekt in das Bild. Der in gewisser Weise humorige Part besagter Story ist Folgender: Nachdem wir die Besitzer waren, haben wir das Innere des Hauses komplett neu gestaltet; wir haben Wände versetzt sowie Küche und Bäder beträchtlich verändert. Genau genommen war der einzige Part des Hauses, der nach der Neugestaltung in der „Original"-Form übrig blieb die Terrasse – bis hin zum Rasen, Strand und Wasser. Die Teile des Hauses, die unersetzbar waren, wurden nicht verändert. Alles Übrige war verhandelbar und veränderlich.

So muss es bei Lebensentscheidungen ablaufen, wenn es darum geht, nach wirklicher Bedeutsamkeit und echtem Reichtum zu streben. Es gibt einige Entscheidungen sowie einige Lebensaspekte, die durch nichts ersetzt werden können. Hierbei handelt es sich um jene Bereiche, die nicht verändert werden dürfen. Andere Bereiche, die nicht von dauerhafter, bedeutsamer Wertigkeit sind, können „weggemeißelt" werden – in einigen Fällen *müssen* diese Bereiche sogar weggemeißelt werden.

Wie schaut Ihr Traumleben aus?

Können Sie es deutlich erkennen?

Was wird Ihrem Leben Bedeutung verleihen? Was wird Ihnen das Gefühl vermitteln, ALL das vollbracht zu haben, was Sie auf dieser Erde zu vollbringen hatten? Was wird Ihnen das Gefühl geben, wirklich „reich" zu sein – unabhängig davon, wie viel Geld Sie auch anhäufen mögen?

Haben Sie ein „Lebensmotto"?

Haben Sie Ihr Traumleben komplett und lebhaft vor Augen, dann sollten Sie in der Lage sein, das Ganze in einem Satz zusammenzufassen. Halten Sie hier inne, um einen Augenblick nachzudenken. Was werden die Menschen eines Tages sagen, wenn sie bei einem Familientreffen oder einem Meeting der Leute in Ihrer Organisation über Ihr Leben diskutieren? Welchen Zweck hatten Sie zu erfüllen? Wie sah Ihre Passion aus? Was wird man über Sie sagen?

Meine Enkelin Ashley-Kate liebt es, sich mit Puzzles zu beschäftigen. Sie ist erst vier Jahre alt, also setzt sie noch keine tausendteiligen Puzzles zusammen. Sie beschäftigt sich nur mit den Basisversionen für kleine Kinder. Wollen wir ein Puzzle zusammensetzen, dann beginnen wir immer damit, den Deckel der Schachtel vor uns hinzulegen. Ich schaue ihr liebend gerne zu, wenn sie versucht, die richtigen Teile zu finden und zusammenzusetzen. Da gibt es ein bestimmtes Puzzle, das ein Häschen auf einem Fahrrad zeigt. Es besteht nur aus etwa zwanzig Teilen.

Gewöhnlich fängt Ashley-Kate mit den Teilen an, die Bezug zum Häschen haben, da es die eindeutigste Figur in dem Puzzle ist. Blauer Himmel und Blumen sind schwieriger. Jedes Mal, wenn sie ein Teil in ihre Hand nimmt, schaut sie sich den Schachteldeckel an, um herauszufinden, wie die Farben zusammenpassen. Eines habe ich festgestellt: Jedes Mal, wenn wir uns mit dem Puzzle beschäftigen, setzt Ashley-Kate es in ein bisschen weniger Zeit zusammen.

Können Sie sich bei dem Versuch vorstellen, ein sehr schwieriges und kniffliges Puzzle ohne Vorlage zusammenzusetzen? Je komplexer das Puzzle, desto wichtiger ist es, ein Bild als Bezug zu haben.

Die seltsam geformten Teile aus verschiedenen Erfahrungswerten so zusammenzusetzen, dass alles passt ... ein Leben aus dem Nichts zu schnitzen ... ist eine weitaus größere Herausforderung als jedes Puzzle! Um es zu Bedeutsamkeit zu bringen, ist eine klare Vorstellung absolut entscheidend.

Um es zu Bedeutsamkeit zu bringen, ist eine klare Vorstellung absolut entscheidend.

Je früher Sie sich ein Bild davon machen, was Sie in Ihrem Leben sein und tun wollen, und je klarer besagtes Bild ist, desto simpler wird Ihr Leben. Entscheidungen fallen leichter, Störfaktoren sind weniger störend und Ihre Leidenschaft ist stärker fokussiert. Wenn Sie fest entschlossen die Entscheidung treffen, mit wem Sie zusammenleben wollen ... und was Sie in Ihrem Unternehmen oder Ihrer Karriere erreichen wollen ... welche geistigen Überzeugungen und Wertvorstellungen zu den Kernpunkten Ihres Lebens werden ... dann stellen Sie fest, dass Ihnen die meisten Entscheidungen des täglichen Lebens leicht fallen. Sie ergeben sich einfach. Ihnen ist klar, woran festzuhalten und was wegzumeißeln oder loszulassen ist.

Ich darf Ihnen heute folgende Ratschläge geben:

- Entscheiden Sie die wichtigen Dinge.
- Entwerfen Sie ein klares Bild davon, was Sie wollen und wohin Sie gehen.
- Lassen Sie sich von anderen Dingen oder Menschen nicht aus dem Konzept bringen.
- Behalten Sie den „Schachteldeckel" Ihrer Lebensvision im Auge, um zu wissen, ob Sie auf dem richtigen Weg sind.

Die wichtigsten Dinge befinden sich unterhalb der Oberfläche.

2

DER EISBERG

Während einer einwöchigen Kreuzfahrt an Bord einer wunderschönen Yacht in den Küstengewässern in der Nähe von Juneau in Alaska sah ich das erste Mal einen Eisberg ganz aus der Nähe. Unsere Yacht hatte die eindrucksvolle Länge von rund 34 Metern, und wir fühlten uns, als seien wir die „Könige des Meeres". Dann segelten wir hinaus zum Mendenhall-Gletscher und passierten dabei einige beeindruckende Eisberge. Wir konnten die Wucht ihrer Gegenwart *fühlen*.

Die Wand dieses Gletschers ist enorm, doch selbst die kleineren Eisbrocken, die neben uns trieben, waren um ein Vielfaches größer als unsere Yacht. Uns war jedoch klar, dass die wirkliche Wucht und Gefahr in dem Part steckte, den wir nicht sehen konnten – er befand sich unter der Oberfläche.

Jeder hat die tragische Story der Titanic gehört. Obgleich es im Laufe der Jahre viele Kontroversen und Diskussionen darüber gegeben hat, wie diesem Schiff, das als unsinkbar galt, ein derartig trauriges Schicksal beschieden sein konnte, wissen wir mit Sicherheit nur, dass 1503 Seelen in jener fatalen Nacht des 14. Aprils 1912 ihr Leben verloren. Berichten zufolge wurden in dieser kristallklaren Nacht mindestens fünf separate Warnungen wegen Eisberggefahr ausgegeben, und zwar kurz bevor das riesige Schiff mit seinen 46 000 Tonnen Stahl den Eisberg rammte. Dieses Schiff, das sich auf dem neuesten Stand von Wissenschaft und Technik befand, brauchte lediglich zweieinhalb Stunden, um in den eiskalten Gewässern des Nordatlantiks zu versinken.

Da ich einen Eisberg aus nächster Nähe gesehen habe, darf ich Ihnen versichern, dass ein Eisberg, wenn das Eis in der Sonne glitzert, ein wunderschöner Anblick ist, den man nicht vergisst. Das, was nicht zu sehen ist – die neunzig Prozent des Eisbergs, die sich unterhalb des Wassers befinden – ist das, was tödlich sein kann.

Menschen sind wie Eisberge

In vielerlei Hinsicht sind Menschen wie Eisberge. Das Erscheinungsbild eines Menschen – inklusive der Fähigkeiten und Talente, die sich in Arbeitsvolumen oder Leistung zeigen – macht nur ungefähr zehn Prozent dessen aus, was dieser Mensch tatsächlich darstellt. Der Charakter – der weitaus größere und wichtigere Part eines Menschen – liegt unterhalb der Oberfläche. Und genau dieser Part kann ein Leben dem Untergang weihen.

Wir müssen uns stets einen gesunden Respekt gegenüber den Dingen bewahren, die sich unter der Oberfläche des Lebens befinden. Wir müssen einen größeren Teil unserer Zeit dafür aufbringen, um an den neunzig Prozent unseres Daseins zu arbeiten, die von unseren Mitmenschen nicht ohne weiteres erkannt werden ... und weniger Zeit in jene Oberflächenattribute investieren, die auf lange Sicht weitaus weniger wichtig sind. Das „Glitzern und Funkeln“ auf der Oberfläche ist nie und nimmer auch nur annähernd so wichtig wie die „Substanz“ darunter.

Der Charakter – der weitaus größere und wichtigere Part eines Menschen – liegt unterhalb der Oberfläche. Und genau dieser Part kann ein Leben dem Untergang weihen.

Lassen Sie sich einmal kurz einige der Skandale der letzten Zeit in Amerikas Konzern-Welt durch den Kopf gehen – zum Beispiel Vorfälle, in die Enron, Tyco sowie MCI/WorldCom involviert sind. Führungskräfte, die damit betraut waren, als Vermögensverwalter für Aktionäre und Mitarbeiter zu agieren, haben sich skrupellos verhalten. Diese Führungskräfte verfügten über Talent, Fähigkeiten sowie den Elan, um es bis zur Spitze zu schaffen, doch sie ließen sich durch ihre Habgier, ihr Ego sowie ihr verdrehtes Wertgefühl zu unethischen Verhaltensweisen verführen. Ihre Aktivitäten resultierten in Milliarden verlorener Dollars sowie Tausenden von Menschen, die ohne Jobs dastanden. Einige wenige Führungskräfte von schwachem Charakter haben große Konzerne zu Fall gebracht und ihre „Abhängigen“ in das kalte und trübe Fahrwasser des Bankrotts, der ruinierten Karrieren sowie verlorener Altersvorsorge geschickt.

Das „Glitzern und Funkeln“ auf der Oberfläche ist nie und nimmer auch nur annähernd so wichtig wie die „Substanz“ darunter.

Im Fall Enron hat auch eine bekannte Wirtschaftsprüfungsgesellschaft, nämlich Arthur Andersen, nichts dagegen unternommen, dass über Unregelmäßigkeiten Stillschweigen bewahrt wurde, und sie hat diesen Unregelmäßigkeiten sogar noch selbst den Persilschein ausgestellt – eine Praxis, die unter dem Begriff „kreative Buchführung“ bekannt ist. Einen Beitrag zu den Charakterfehlern eines anderen Menschen zu leisten ist ebenfalls ein Charakterfehler!

Kurzfristiger Erfolg wurde hoch gelobt. Charakter und Wertfaktoren blieben unter der Oberfläche. Und letztendlich wurden riesige Unternehmens-„Schiffe“ versenkt.

Schauen wir uns doch einmal kurz den Fall Dennis Kozlowski bei Tyco an, eines Geschäftsführers, der in der Geschäftswelt dafür bekannt war, ein verschwenderisches, skrupelloses und leichtfertiges Privatleben zu führen. In der von den Sicherheitsbehörden der Vereinigten Staaten und der Exchange Commission (SEC) gegen Kozlowski erhobenen Anklage ist die Rede von unrechtmäßigen Anleihen, die sich auf mehr als 315 Millionen Dollar belaufen. Die SEC beschuldigte Kozlowski, dieses Anleihe-Vermögen dafür verwendet zu haben, um sich Kunstwerke, Yachten sowie Immobilienschätze im Wert von Millionen von Dollar anzueignen, einschließlich Besitztümer in New York City und eines palastartigen Grundstücks auf Nantucket Island.

Andere unrechtmäßig angeeignete Firmenfonds wurden von Kozlowski angeblich für luxuriöse Veranstaltungen verschwendet, wie für die Party, die er auf Sardinien für seine Frau ausgerichtet hatte. Ermittlungsbeamte stellten eine E-Mail der Party-Ausrichterin Beth Pacitti sicher, mit folgendem Wortlaut: „Als kleiner Nervenkitzel werden ein Löwe oder ein Pferd mit Wagen sowie zwei Gladiatoren zur Verfügung stehen, um die Gäste am Eingang zu empfangen."

Laut offizieller Verlautbarung hat Kozlowski angeblich auch einen Fond geplündert, den Tyco zur Unterstützung von Führungskräften im Rahmen von Umsiedlungen nutzte, um damit seiner ersten Frau Angie ein 7-Millionen-Dollar-Apartment in der Park Avenue zu kaufen. Eine weitere Top-Führungskraft bediente sich des Fonds, um ein 6,5-Millionen-Dollar Apartment in der Upper East Side von Manhattan zu erwerben und eine andere benutzte 14 Millionen Dollar, um eine Wohnung am Central Park West sowie ein Ski-Chalet in Utah zu kaufen.

Kozlowski stellte Tyco angeblich 72 042 Dollar für Schmuck, 155 067 Dollar für Garderobe, 96 943 Dollar für Blumen, 60 427 Dollar für Clubmitgliedschaften, 52 334 Dollar für Wein sowie 110 000 Dollar für die geschäftliche Nutzung seiner Privatyacht in Rechnung.

Was mich besonders traurig stimmt ist die Tatsache, dass Kozlowski und andere Führungskräfte wie er Menschen mit großartigem Talent, Ehrgeiz und Disziplin sind. Sie haben

Menschen von Charakter ziehen keinen Vorteil aus Position und Macht.

den Gipfel des Berufslebens erreicht – nicht aus einer Laune heraus, sondern als Ergebnis von harter Arbeit, mitreißendem Eifer und klaren Zielen. Es sind Menschen, die ihre geschäftlichen Fähigkeiten bis hin zum maximalen Level entfalteten. Ihren Charakter und Ihre Integrität zu entfalten war jedoch das, was sie VERSÄUMT haben. Sie platzierten schlussendlich ihr eigenes Ego sowie ihren Wunsch nach Komfort und Luxus vor ihre Verantwortung als Führungskraft.

Menschen von Charakter ziehen keinen Vorteil aus Position und Macht.

Menschen von Charakter positionieren ihre Karrieren nicht vor ihre Verwaltungsaufgaben in puncto Firmengelder oder öffentliche Gelder.

Menschen von Charakter verletzen nicht ihre ureigenen innersten Grundwerte, um Partys mit Löwen und Pferden und Gladiatoren am Eingang zu feiern.

Die Gefahr eines Charakterdefizits

Vor hundert Jahren wuchs in Europa ein kleiner Junge mit dem Nachnamen Schicklgruber auf, ohne dass ihm beigebracht wurde, Recht von Unrecht zu unterscheiden. Er wurde beleidigt und jedes Mal niedergemacht, wenn er von seinen Ambitionen sprach, Priester oder vielleicht Künstler zu werden. Niemand lehrte ihn ethische Wertbegriffe oder lebte sie ihm vor, und daher nahm er auch keine rechtschaffenen

Werte an. Dieser Junge war davon überzeugt, dass seine Eltern ihn nicht liebten und rannte deshalb davon, emotional voller Ängste und mit einem ausgesprochen armseligen Charakterfundament. Betrachtet man einmal das Umfeld, aus dem er kam, ist es umso erstaunlicher, dass er sich zu einem Mann von großer Macht und großem Einfluss entwickelte. Er änderte seinen Namen, und die Geschichte kennt ihn als Adolf Hitler.

Hitler besaß Unmengen an Talent und viele Fähigkeiten, insbesondere Kommunikationsfähigkeiten. Er war enorm ehrgeizig. Er hatte ein natürliches Charisma, das nach außen hin anziehend wirkte. Seine gigantischen Charakterfehler aber waren im Endeffekt der Auslöser für die Ermordung von Millionen von Menschen.

Da ich mich mit Geschichte befasst habe, hat mich die Tatsache erstaunt, dass fast alle schlechten und destruktiven Menschen, die großen Einfluss auf die Welt hatten, Menschen mit enormem Talent sowie der Fähigkeit waren, anziehend und von Einfluss auf andere zu sein. Sie verfügten über zielorientierte Kenntnisse und engagierten sich manchmal sogar für Heldentaten. Ganz plötzlich wurde ihr Charakter dann entlarvt und offenbarte eine ichbezogene Agenda sowie durch und durch korrupte Wertvorstellungen. Ihre tief greifenden Charakterfehler waren für sie Anlass zu „implodieren" und sich extrem destruktiv zu verhalten.

Talent plus Charisma plus Leistung *ohne Charakter* ist eine gefährliche Kombination ... nicht nur für das Individuum, das sich durch diese Charakterzüge auszeichnet, sondern auch für unzählige Mitmenschen.

Wie stabil ist Ihr Fundament?

Sind Sie jemals Zeuge beim Bau eines Wolkenkratzers gewesen? Besuche ich große Städte wie zum Beispiel New York City oder die großartigen und expandierenden Städte Kuala Lumpur in Malaysia oder Shanghai in China, dann staune ich nur so über die Konstruktion dieser gigantischen Bauwerke. Ich habe festgestellt, dass es oft Monate, ja sogar Jahre dauert, um das Fundament für ein hohes Gebäude zu legen. Warum? Je höher das Gebäude konzipiert ist, desto tiefer muss das Fundament gelegt sein. Akribische Kalkulationen werden zur Bestimmung der Kräfte durchgeführt, mit denen ein Erdbeben oder ein Sturm auf den Wolkenkratzer einwirken könnte, und weit unterhalb der Oberfläche werden Gleitrollen installiert, damit das Gebäude besagte Kräfte auffangen und ein beträchtlicher Schaden oder ein Einsturz verhindert werden kann.

Talent plus Charisma plus Leistung *ohne Charakter* ist eine gefährliche Kombination.

Nachdem das Fundament fertig ist, dauert es vielleicht nur ein paar Monate, um den gesamten sichtbaren Part des Gebäudes zu bauen. Der Wolkenkratzer, den wir sehen, ist niemals der GESAMTE Bau. Die wirkliche Kraft und Stärke des Gebäudes befindet sich unterhalb der Oberfläche.

Dasselbe trifft auf gute Führungskräfte und langfristige Erfolgsmenschen zu.

Wir alle kennen die Geschichte von den „drei kleinen Schweinchen“. Eines baute ein Haus aus Stroh, eines aus

Stöcken und eines aus Ziegeln. Es dauerte länger, das Haus aus Ziegeln zu bauen, doch als der große böse Wolf schnaufend und prustend des Weges kam, da hielt nur das Ziegelhaus stand. Wir müssen uns die Zeit nehmen, um Ziegelhäuser in unser Ich einzubauen.

Die Bibel heißt uns, unsere Häuser lieber auf Felsen denn auf Sand zu bauen.[2]

Stürme und Erdbeben sind im Leben unvermeidlich. Große böse Wölfe schnaufen und prusten nach wie vor. Wir können nur dann überleben und gedeihen, wenn wir unser Dasein auf der starken und soliden Grundlage eines guten Charakters aufbauen.

Einige Leute sind der Ansicht, dass die Grundlage eines guten Charakters in früher Jugend gelegt und keinesfalls mehr revidiert oder weiter entwickelt wird, nachdem der Mensch erwachsen ist. Das trifft schlicht und einfach nicht zu. Ein Fundament aus frühen Jugendjahren kann untergraben werden ... oder es kann an Stärke gewinnen. Wir als Erwachsene müssen die Verantwortung für die Entfaltung unseres individuellen Charakters übernehmen und ihn jeden Tag unseres Lebens weiterhin festigen! Niemand wird Sie als Erwachsenen *zwingen,* einen großartigen Charakter zu entwickeln oder ein Mensch von herausragender Integrität sowie hohen moralischen Werten zu sein. SIE müssen in erster Linie zum Architekten der Vervollkommnung Ihres Charakters werden.

SIE müssen in erster Linie zum Architekten der Vervollkommnung Ihres Charakters werden.

Ich kann mich nicht daran erinnern, dass sich in all meinen Jahren an der Purdue University ein Studienfach mit Charakterfragen beschäftigt hat. Uns wurden komplexe mathematische Formeln und aerodynamische Design-Prinzipien beigebracht ... jedoch nicht, wie man ein Mensch von Charakter sein kann. Es war, als ob Charakter keine Rolle spielte, oder aber man ging vielleicht von der Vermutung aus, dass ein Mensch automatisch entweder einen guten oder einen schlechten Charakter besitze. Charakter war auf der Liste der „Zutaten für den Erfolg" nicht einmal der Erwähnung wert.

Tausende von Büchern tummeln sich in den Regalen unserer Büchereien und Buchläden und erklären uns, wie man verkaufen, verhandeln, managen und kommunizieren soll. Akademische Würden und Diplome sind in Informatik, Medizin, Jura und in den Wirtschaftswissenschaften schnell zur Hand. Es gibt Kurse und Unterrichtsstunden zum Thema, wie man sich für den Erfolg kleidet, wie man öffentlich spricht, Lebensläufe konzipiert, ein Interview führt oder sich Ziele setzt und sich in langfristiger und kurzfristiger Planung engagiert. Werden diese wichtigen Fachkenntnisse und Fähigkeiten jedoch nicht von Charakter untermauert, dann können wir schlussendlich bei einem oberflächlichen Erfolg landen, der dem ersten Anzeichen von Druck oder Stress nicht standhält.

Um Charakter wirklich zu entfalten und zu pflegen, muss man dafür sorgen, dass auf zeitlosen Wahrheiten basierende individuelle Werte und Gewohnheiten sowie Respekt anderen Menschen gegenüber Gestalt annehmen. Dieser Prozess dauert ein Leben lang und muss auf Intention beruhen. Ein guter Charakter stellt sich nicht zufällig ein. Integrität entwickelt sich im Laufe der Zeit nicht automatisch. Sie müssen die überzeugte Entscheidung treffen, ein Mensch von Integrität zu werden sowie Ihre charakterlichen Werte zu manifestieren.

Wo fangen wir denn nun mit der Festigung unseres ureigenen Charakters an? Ich glaube, das Geheimnis liegt in folgender Redensart:

> Säe einen Gedanken ... ernte eine Tat.
> Säe eine Tat ... ernte eine Gewohnheit.
> Säe eine Gewohnheit ... ernte einen Charakter.
> Säe einen Charakter ... ernte ein Schicksal.

Charakter beginnt mit dem, was Sie denken. Charakter wurzelt in den täglichen Gewohnheiten, wozu auch Denkmuster gehören. Charakter ist eine Summierung dessen, was wir über Jahre und Jahrzehnte tagein, tagaus denken und tun. Charakter ist ein anderer Begriff für langfristiges Denken und langfristige Gewohnheiten!

Fähigkeiten, Persönlichkeit, treibende Motivation sowie Talent bringen Sie vielleicht an die Spitze, doch es ist der Charakter, der Ihnen diese Position erhält.

Fähigkeiten, Persönlichkeit, treibende Motivation sowie Talent bringen Sie vielleicht an die Spitze, doch es ist der Charakter, der Ihnen diese Position erhält.

Langfristiges Denken

Lassen Sie sich niemals vom augenscheinlichen Erfolg eines Menschen zum Narren halten, der die Spitzenposition schnell zu erreichen scheint oder es zu seinen fünfzehn

Minuten an landesweitem Ruhm gebracht hat. Schnellem Erfolg folgt oft ein schneller Absturz. Ein Kartenhaus ist im Nu errichtet, doch stürzt es beim ersten heftigen Windstoß ein. Profunde Leistung, dauerhafter Ruhm sowie eine starke Führungspersönlichkeit werden im Laufe der Zeit aufgebaut.

Mir gefällt folgender Ausspruch, den meine Frau Nancy oft gebraucht: „Die längste Entfernung zwischen zwei Punkten ist die Abkürzung." Ignorieren wir altehrwürdige Regeln und krempeln unser Verhalten dahingehend um, sofortigen Erfolg zu kreieren, dann läuft das fast immer auf verhängnisvolle Ergebnisse hinaus. Was bringt einen Menschen dazu, nach einer Abkürzung zu suchen? Dazu fallen einem drei Hauptursachen ein:

„Die längste Entfernung zwischen zwei Punkten ist die Abkürzung."

1. **Ego.** Hier zeigt jemand vielleicht unkontrolliertes Konkurrenzdenken oder den Wunsch Erfolg zu haben, „koste es, was es wolle".
2. **Stolz.** Vielleicht hat jemand große Angst davor, in Verlegenheit gebracht zu werden oder zu versagen. Das kann einen Menschen dazu verleiten, Ergebnisse zu „frisieren" oder die Wahrheit zu beschönigen, um an der Spitze zu bleiben.
3. **Eine falsche Definition für Erfolg.** Ein Mensch mag der Meinung sein, das äußere Erscheinungsbild sei alles. Oft möchte eine solche Person eine Situation manipulieren und sich in allen Dingen eine „Dem-Sieger-gehört-die-Welt"-Einstellung zulegen, sodass das Resultat IMMER die Mittel zu heiligen

scheint – und das Resultat erweckt in diesem Fall den Anschein, auf der Gewinnerseite zu stehen. Jemand der Erfolg falsch definiert, glaubt in der Regel, dass derjenige mit den meisten Spielsachen gewinnt.

In Wahrheit schaut es jedoch so aus, dass Menschen mit überdimensionierten Egos ... Menschen, die stolz sind ... sowie Leute, die ihre Mitmenschen routinemäßig manipulieren, um ihre eigenen Erfolge sicherzustellen ... auf lange Sicht fast immer verlieren! Betrügerisches Verhalten sowie eigennützige Abkürzungen zahlen sich in puncto solider Bedeutsamkeit niemals aus.

Schauen Sie sich besagte Menschen einmal an, die diese Abkürzungen ausprobiert haben, und Sie werden feststellen, dass ihr moralisches Versagen, ihre finanzielle Unehrlichkeit, ihre übertrieben dargestellten Resultate und vertuschten Irrtümer die Betreffenden schließlich eingeholt haben und ihr jeweiliges „Endergebnis“ destruktiv und ein Desaster war. Nur Menschen mit ethischem Verhalten und charakterlich einwandfreien Prinzipien überleben mit Integrität und genießen eine Reputation, die künftige Generationen inspiriert.

Übernehmen Sie die leitende Funktion bei der Definition Ihres Charakters

Woher wissen Sie, ob eine gewisse Aufmöbelung Ihres Charakters vonnöten ist? Lassen Sie Ihre Gewohnheiten und Aktivitäten doch einmal individuell Revue passieren. Stellen Sie sich nachfolgende Fragen. Haben Sie jemals ...

- die Eigenschaften oder Vorteile Ihres Produkts oder Ihrer Dienstleistung übertrieben dargestellt, um so zu einem Verkaufsabschluss zu kommen?
- einen Kunden irregeführt, indem Sie Ihre Mitbewerber schlecht gemacht haben, um sich selbst als „Spitze“ darzustellen?
- Fakten hinsichtlich Ihres Lebenslaufs falsch präsentiert, um schwerwiegende Fehlleistungen zu verbergen?
- den Verdienst für die Erreichung eines Ziels (wie zum Beispiel ein Umsatzziel, ein Budget, eine Wachstumsrate oder eine Neukunden-Akquise) in Anspruch genommen, während die tatsächlichen Resultate noch in Frage standen oder Sie NICHT der/die einzige bzw. noch nicht einmal die Führungskraft waren, die mit der Erreichung des Ziels betraut gewesen ist?
- Umsatzzahlen oder Statistiken zu Ihrem Vorteil manipuliert?
- Ihre Leistungen beschönigt, übertrieben oder verdreht, um Ihren Mitmenschen interessanter oder erfolgreicher zu erscheinen?
- bei der Steuererklärung oder in einer Abrechnung Einnahmen oder Ausgaben falsch dargestellt?
- nach einer Auslandsreise beim Zoll etwas nicht deklariert?
- irgendwohin Reißaus genommen und dann in dem Zusammenhang gelogen?
- etwas ausgeplaudert, was Ihnen vertraulich erzählt worden ist?

- Geld oder einen Preis angenommen, wenn Sie es nicht wirklich verdient hatten?

Klingen diese Fragen rüde oder unrealistisch? Charakter ist in Wahrheit das, was und wer Sie sind, wenn niemand hinschaut!

Charakter ist die Basis für Selbstachtung. Selbst wenn Sie „noch einmal davongekommen" sind – SIE wissen, was Sie getan haben. Charakter ist das, was Sie in Ihren eigenen Augen vertrauenswert macht, und vertrauenswert zu sein ist in einer Führungsposition ein entscheidender Faktor. Vertrauen ist hinsichtlich einer Führungsposition tatsächlich ein weitaus wichtigerer Faktor als Position, Persönlichkeit oder die Macht der Einflussnahme. Geht es um Führungsposition und Einfluss, dann kommt Vertrauen in der Tat eine vorrangige Schlüsselrolle zu.

Charakter ist die Basis für Selbstachtung.

Wissen Sie ganz tief in Ihrem Innersten, dass Sie nicht vertrauenswürdig sind, dann werden Sie im Laufe der Zeit Ihren persönlichen Mangel an Vertrauenswürdigkeit auf andere Menschen projizieren. Unabhängig davon, wie sehr Sie auch versuchen, Ihren wahren Charakter zu verbergen, wird er schließlich doch aufgedeckt!

Wie bei einem Eisberg werden die neunzig Prozent von Ihnen, die den Charakter ausmachen, Ihre Fähigkeiten, Talente sowie die weiteren Aspekte des äußeren Erscheinungsbilds – die zehn Prozent, die „Show" sind – von unten her stützen. Es ist Ihr Charakter, der Ihnen schlussendlich die Möglichkeit gibt, auf dauerhafte Art und Weise zu glänzen – in guten und in schlechten Zeiten.

Entdecken Sie das Gold im Inneren.

3

DER GOLDENE BUDDHA

Viele Jahre lang saß ein etwa zweieinhalb Meter großer Beton-Buddha deutlich sichtbar mitten in Bangkok in Thailand. Es handelte sich hierbei jedoch weder um ein bewundertes Kunstwerk noch zollten die Menschen ihm als religiöses Objekt irgendeinen Form von Respekt. Besucher aus aller Welt stellten oft ihre leeren Getränkedosen auf ihm ab, benutzten ihn als Halterung für ihre Kameras, während sie den Film wechselten, oder ignorierten ihn generell.

Dann transportierte eines Tages vor rund vierzig Jahren ein buddhistischer Priester die alte Statue mit zu seinem Tempel. Während des Umzugs erlitt die Statue einige Sprünge. Als sich diverse Stücke lösten, entdeckte der Priester etwas Glänzendes unter dem Beton. Mit der Hilfe anderer Leute entfernte er die gesamte Betonschale und fand den weltweit größten Batzen bearbeiteten Goldes.

Die Statue war von immensem Wert! Und der Wert befand sich die ganze Zeit über dort.

Was für ein klassischer Fall verkannter Bedeutsamkeit ... verborgener Schönheit ... unerkannten Potenzials! Welch Beispiel für einen nicht voll ausgeschöpften Aktivposten!

Jeder von uns kennt Menschen, die Gold in ihrem Inneren haben, das sich jedoch momentan unter einer Betonschale verbirgt. Sie kennen das vielleicht sogar von sich selbst.

Der enorme Wert, den SIE haben

Jedem Menschen wohnen einzigartige, von Gott gegebene Talente samt Potenzial inne. Eines der schwierigsten Dinge, die im Leben zu erreichen und zu pflegen sind, ist jedoch ein gesunder und positiver Respekt dem gegenüber, was wir haben und wer wir sind. Millionen Menschen leben mit einem jämmerlichen Selbstimage, weil sie keinen Wert auf das legen, was in ihnen steckt. Sie sehen lediglich ihr äußeres Scheitern, nicht ihren inneren Wert. Sie tun nichts dagegen, dass ihre wahren Talente und Fähigkeiten durch eine harte Schale aus Zweifel und Unsicherheit verdeckt werden. Sie sind schnell bei der Hand, dem neuesten Trend nachzugehen, um selbstsicher und glaubwürdig zu *erscheinen*.

Bei einem wirklich gesunden Selbstimage geht es nicht darum, anderen zu gefallen oder beliebten Trends nachzueifern. Es geht darum zu wissen, wer Sie sind, woraus Ihr Innerstes besteht, wohin Sie Ihr Weg führt und wofür Sie sich stark machen. Es geht darum, Ihre Stärken und Gaben zu entdecken und zu lernen, wie Sie Ihre Schwächen akzeptieren und kontrollieren können.

Bei einem gesunden Selbstwertgefühl geht es nicht um Perfektion – es geht darum, Ihr Bestes zu geben.

Bei einem gesunden Selbstwertgefühl geht es nicht darum, einen Wettbewerb zu gewinnen oder sich mit anderen Menschen zu vergleichen – es geht darum, all das zu tun, was Sie tun können.

Ein Mensch mit wirklich gesundem Selbstwertgefühl hat:

- Eine gewisse Ausgeglichenheit
- Eine gewisse Zielstrebigkeit
- Einen gewissen Humor, wenn es um das Thema Erfolg und Misserfolg geht
- Eine Stärke, die weit tiefer reicht und weitaus weniger flüchtig ist als der neueste Trend

Welche psychologische Position nehmen Sie ein?

In meiner jahrelangen Arbeit mit Menschen der verschiedensten Kulturen habe ich drei psychologische Schlüsselpositionen beobachtet, die das tägliche Verhalten beeinflussen:

1. **Überlegenheit.** Diejenigen, die sich selbst als überlegen betrachten, lassen keinerlei Schwächen oder Fehler zu. Sie projizieren sich selbst als die Person in einer Gruppe, die am stärksten, smartesten, coolsten und erfolgreichsten ist.

   Diese Einstellung mag durchaus positiv sein, gesund ist sie jedoch nicht.

2. **Unterlegenheit.** Diejenigen, die sich selbst als unterlegen sehen, erkennen die Stärken anderer, jedoch nicht ihre eigenen Stärken. Sie kommen zu dem Schluss, weniger talentiert, weniger attraktiv und weniger erfolgreich als andere zu sein, mit denen sie sich vergleichen. Sie wünschen sich die Qualitäten, die sie bei anderen erkennen und von denen sie wissen, sie nicht zu besitzen, haben jedoch wenig echte Hoffnung, besagte Qualitäten zu erlangen. Sie betrachten ihre naturgegebenen Gaben und Fähigkeiten als unbedeutend.

   Diese Einstellung ist weder positiv noch gesund.
3. **Ausgeglichenheit.** Diejenigen, die sich als ausgeglichen betrachten, wissen die ihnen gegebenen Stärken und Gaben zur Verfolgung ihrer Ziele zu nutzen. Sie erkennen die Gaben ihrer Mitmenschen an, ohne damit die Angst zu verbinden, ihren eigenen Wert zu schmälern. Sie arbeiten an sich, um besser zu werden – geben sich in puncto Perfektion jedoch keinerlei Illusionen hin.

   Diese Einstellung ist gesund und positiv und wird zu einem Leben der Bedeutsamkeit und Zufriedenheit führen.

Unser ausgeprägtes Bedürfnis, „gut abzuschneiden“

Jeder von uns verfügt über einen gewissen Grad an Stolz. Wir haben ein Ego. Wir wollen von anderen als stark, attraktiv und erfolgreich gesehen werden. Wir scheinen jedoch auch die eingebaute Tendenz zu haben, uns mehr auf unsere Schwächen als auf unsere Stärken zu konzentrieren und unsere Gaben zu minimieren.

Ausgeglichene Menschen erkennen die Gaben anderer an, ohne damit die Angst zu verbinden, ihren eigenen Wert zu schmälern.

Einige Menschen scheinen sich ihrer Schwächen und Misserfolge kontinuierlich und schmerzlich bewusst zu sein. Sie spielen sie in Gedanken wieder und wieder durch. Sie sind sich der Stärken, die sie bei anderen, von ihnen bewunderten Menschen sehen, übermäßig bewusst und werden von ihnen vielleicht auch übermäßig beeindruckt. Sie postieren andere auf ein Podest und vergleichen ihre eigenen Fehlschläge mit dem Erfolg ihrer Mitmenschen. In dieser Art von Szenario wird ein Mensch wohl kaum jemals gut abschneiden.

Diejenigen, die in ihrem „inneren Negativgedankengut" ganz aufgehen, müssen sich darüber im Klaren sein, dass besagte negative Ansichten bezüglich ihrer eigenen Fähigkeiten sich nicht aus dem Nichts in ihren Köpfen und Herzen eingenistet haben. Sie wurden mit diesem Gefühl in Bezug auf sich selbst nicht geboren. Einige Menschen glauben, das Umfeld, in dem sie als Kind gelebt haben, sei Schuld ... die Kommentare ihrer Eltern seien Schuld ... dass einige Menschen schlicht und einfach mehr gute Eigenschaften hätten als andere ... dass sogar die Position des Mondes oder der Sterne etwas mit ihren Wahrnehmungen zu tun hätte. In

Wahrheit sind jedoch die negativen Ansichten eines Menschen in Bezug auf die ihm eigenen Fähigkeiten *primär* ein Produkt seiner ureigenen Erfahrungen – sowohl der Erfolge als auch der Misserfolge – sowie seiner „Selbstgespräche" in Bezug auf diese Erfahrungen.

Unser erstes Empfinden von Unzulänglichkeit trifft uns gewöhnlich, wenn wir sehr jung sind, und rührt in der Regel von einer Peinlichkeit in der Kindheit her, die uns möglicherweise immer noch verfolgt. Die meisten von uns könnten eine Liste aufstellen, ohne auch nur zweimal nachzudenken. Wir erinnern uns an den Spott von Mitschülern, Eltern oder Lehrern. Nannte man Sie „pummelig" oder „dürr"? (Man kann nicht gewinnen, wenn es ums Gewicht geht!) Waren Sie eine „Brillenschlange", ein „Verlierer" oder ein „Trottel"? Machte sich jemand über Ihr Haar, Ihre Augen, Ihre Haut, Ihre Ohren, Ihr ruhiges Wesen, Ihr Lachen, Ihre Zähne, Ihre Beine oder Ihre Nase lustig? (Ist dies alles heute nicht ziemlich dumm?) Schleppt ein Mensch den Ballast besagter Kritiken lange Zeit mit sich herum, dann wird dieser Ballast Teil des generellen Selbstwertgefühls dieses Menschen. Das ist sowohl normal als auch unselig.

Wir tendieren dazu, uns an jede Zurückweisung, jede Peinlichkeit und jeden Spitznamen zu erinnern, als würden wir dies alles an einer Schnur hinter uns herziehen. Die Ironie daran ist die, dass die Person, die uns durch Worte oder Taten mit einem „Etikett" versehen hat, sich im Normalfall nicht einmal mehr daran erinnert, jemals etwas Derartiges gesagt oder getan zu haben!

Wen versuchen wir zufrieden zu stellen?

Zum Schluss müssen wir uns eine ganz simple Frage stellen: „Wen versuche ich zufrieden zu stellen?"

Die meisten Menschen verbringen viel zu viel Zeit damit, darüber nachzudenken, was andere denken. In Wirklichkeit denken andere weit weniger über Sie nach, als Sie sich vorstellen können! Ist Ihnen jemals aufgefallen, wie sich jemand ein Gruppenfoto anschaut und dann nur sagt „Das ist ein fürchterliches Foto von mir"? Nichts wird über irgendjemand anderen in der Gruppe ausgesagt! Wir sind oft von unserem eigenen Image besessen. In jedem x-beliebigen Jahr bringen wir Stunden ausschließlich damit zu, uns durch den Kopf gehen zu lassen: *Meine Frisur ist nicht in Ordnung* oder *Ich sehe fett aus.* Wir schauen uns jedoch selten andere Leute auf einem Gruppenfoto an und sagen „Sie sieht fett aus" oder „Ihre Frisur ist nicht in Ordnung". JEDER von uns tendiert dazu, sich auf sein eigenes Erscheinungsbild zu konzentrieren und macht sich wenig Gedanken über das Erscheinungsbild anderer – parallel dazu sind wir der Meinung, die ganze Welt urteile darüber, wie wir ausschauen! Wir können von einer seltsamen Selbstkritik sein, die aber in keiner Weise logisch sein muss.

Ist uns an Perfektion als Definition für Erfolg gelegen, dann vergleichen wir uns stets mit einem unerreichbaren Ideal.

Unsere Ichbezogenheit steht in Verbindung zu unserer Definition für Erfolg. Ist uns an Perfektion als Definition für Erfolg gelegen, dann vergleichen wir uns stets mit einem unerreichbaren Ideal. Wir werden von der stets präsenten Sorge begleitet, ob wir „perfekt“ sind – oder nicht.

Ist uns an „Sieg“ als unserer Definition für Erfolg gelegen, dann werden wir uns stets mit anderen unter dem Aspekt der Konkurrenz vergleichen. Wir werden von der stets präsenten Sorge begleitet, WIE wir abschneiden im Vergleich zu einem engen Rivalen oder Mitbewerber.

Im Endeffekt ist niemand perfekt, und niemand gehört ständig zu den Gewinnern. Ichbezogenheit an sich resultiert bereits in tief empfundener Mutlosigkeit und Frustration!

Statt uns auf andere Menschen oder auf Perfektion zu konzentrieren, müssen wir uns eher auf die Entfaltung innerer Qualitäten konzentrieren, die für andere wirklich anziehend und Respekt gebietend sind. Um ein Fundament für langfristigen Erfolg und Glück zu legen, müssen wir uns anhand innerer, auf Charakter basierender Kriterien mehr Gedanken darüber machen, WER wir sind und uns weniger damit beschäftigen, wie wir – basierend auf äußeren Kriterien – anderen ERSCHEINEN. Wir müssen die Verantwortung für die Definition von uns selbst dahingehend übernehmen, was unserer Meinung nach wirklich wichtig ist sowie dafür, unsere Stärken abzuschätzen und zur Entfaltung zu bringen, damit sie dominieren über die uns vielleicht eigenen Schwächen jeglicher Art.

Im Endeffekt ist niemand perfekt, und niemand gehört ständig zu den Gewinnern.

Selbstwertgefühl kann von dem beeinflusst sein, was andere gesagt oder nicht gesagt haben – oder was andere getan oder unterlassen haben. Wir müssen jedoch erkennen, dass andere nicht das LETZTE Wort haben. Wir sind diejenigen, denen das letzte Wort in Bezug auf unsere Selbsteinschätzung und unseren Wert zusteht. Basierend auf unserer Entscheidung in Bezug darauf, was wir tun, sind wir auch diejenigen, die das Endergebnis bestimmen.

Das eigene Ich neu definieren

Womit fangen wir bei der Entwicklung wahren Selbstwertgefühls an? Es gibt vier Grundprinzipien, die uns zur richtigen Einstellung verhelfen können, auf der dann ein echtes Selbstwertgefühl aufgebaut wird:

1. **Machen Sie es sich zur Aufgabe, Ihr eigenes Ich neu zu definieren.** Hierbei handelt es sich um eine Entscheidung, die Sie für sich treffen – und nur Sie für sich treffen können. Seien Sie sich über die Wahrheit im Klaren, dass Sie in dem Moment, in dem Sie anderen die Definition Ihrer Person zugestehen, mit destruktiven und unfundierten Schlussfolgerungen zu leben haben, denn NIEMAND kann sich eine wirkliche Vorstellung davon machen, wer Sie sind beziehungsweise nur Ihr Bestes wollen.
2. **Treffen Sie die Entscheidung, sich selbst anhand von Faktoren in Verbindung mit Charakter, Integrität und Reputation neu zu definieren.** Hierbei handelt es sich um die Aspekte eines Menschen, die VON DAUER sind. Oberflächliche Faktoren sind temporär, oft vergänglich.

3. **Hören Sie auf, sich an andere zu wenden, um ständig Bestätigung zu erfahren.** Erfahren sie keinerlei Bestätigung, Belobigung oder Komplimente seitens anderer Leute, dann sind einige Menschen niedergeschmettert. Zu einem Menschen zu werden, der Bestätigung, Belobigungen und Komplimente AUSTEILT, ist der beste Weg, das Ganze umzudrehen. Sobald Sie sich einmal selbst außer Acht lassen und sich auf das konzentrieren, was Sie anderen geben können, werden Sie wahrscheinlich feststellen, dass Mitmenschen Ihnen sogar noch mehr zurückgeben als Sie ihnen geben! Bitten und betteln Sie andererseits emotional ständig um die Liebe und Aufmerksamkeit Ihrer Mitmenschen, dann erleben Sie in der Regel eine Enttäuschung.
4. **Machen Sie sich den Unterschied zwischen von Gott gegebenen Eigenschaften und Charakter klar.** Beginnen Sie damit, sich primär auf den Charakter zu konzentrieren.

   Von Gott gegebene Eigenschaften sind nicht dazu da, uns damit zu brüsten – diese Eigenschaften sind ein Geschenk, das wir zur Unterstützung anderer Menschen nutzen sollten. Geht es um angeborene Eigenschaften, dann kann ein Mensch musikalisch, gut aussehend, intelligent, athletisch oder x-beliebige andere Dinge sein. Diese Eigenschaften haben jedoch einen sehr geringen WERT, es sei denn, sie werden entfaltet und „ausgeteilt“, um anderen Menschen zu helfen.

Im Gegensatz dazu ist Charakter NICHTS Angeborenes. Bei Charakter handelt es sich um etwas, was wir entwickeln müssen. Im Endeffekt ist es unser Charakter, der festlegt, WIE und bis zu welchem UMFANG wir unsere angeborenen Eigenschaften nutzen, um anderen Menschen zu helfen! Die angeborene Eigenschaft ist nicht der entscheidende Faktor. Charakterzüge sind die entscheidenden Faktoren!

Ich darf Ihnen ein Beispiel nennen. Jemand ist vielleicht nicht gerade mit Intelligenz oder Talent gesegnet, doch gehen wir einmal davon aus, besagter „Jemand" hat gute CHARAKTER-Qualitäten entwickelt. Er ist pünktlich und bringt sich Tag für Tag hart und ehrlich arbeitend ein. Er ist gesetzestreu und hält die am Arbeitsplatz geltenden Regeln ein. Er hilft seinen Kollegen – wann immer und auf welche Art auch immer er kann. Es ist ihm eine Ehre und auf ihn ist Verlass, wenn er anderen zu Diensten ist. Er gibt sein Bestes in Bezug auf die ihm übertragenen Aufgaben und ist bereit, Extra-Engagement und zusätzliche Zeit zu investieren. Er arbeitet daran, die Intelligenz sowie das ihm in der Tat eigene Talent zu entfalten. Zu welcher Schlussfolgerung führt Sie das? Man wird diesen Menschen mit Respekt behandeln, ihm Vertrauen und Bewunderung entgegenbringen! Er ist wahrscheinlich jemand, den Sie gerne in Ihrem Team hätten.

Gehen wir jetzt einmal davon aus, dass jemand über viel Talent und Intelligenz verfügt. Er hat jedoch KEINE guten Charaktereigenschaften. Er ist faul und erledigt seine Arbeit planlos und unzuverlässig. Er verhält sich seinen Kollegen gegenüber rüde und umgeht die Regeln am Arbeitsplatz, wann immer es geht. Er hat eine mürrische Einstellung und nimmt keinen Rat von seinen Vorgesetzten an. Er arbeitet nur widerwillig, macht immer irgendetwas oder irgendjemanden für Dinge verantwortlich. Er geht davon aus, den Menschen in seinem Umfeld überlegen zu sein. Und zu welcher Schlussfolgerung kommen Sie nun? Wahrscheinlich, dass es sich hier um jemanden handelt, dem man am besten aus dem Weg geht! Einem solchen Menschen wird mit Sicherheit kein Respekt, kein Vertrauen und auch keine Bewunderung Ihrerseits entgegengebracht.

Was ist wichtiger? Intelligenz, Talent, Persönlichkeit oder sozialer Hintergrund? Oder Charakter? Im Endeffekt steht Charakter immer an oberster Stelle.

Entwickeln Sie einen Bereich, in dem Sie exzellent sind

Einen oder zwei Bereiche zu entdecken und zu entfalten, in denen Sie einen hohen Kompetenzlevel besitzen beziehungsweise wissen, dass sie ihn erreichen können, ist eine der wichtigsten Aufgaben für Sie, und zwar ergänzend zur Schaffung einer neuen und stabileren Einstellung, um darauf Ihr Selbstwertgefühl aufzubauen. Besagter Bereich steht vielleicht in keinerlei Beziehung zu Ihrer Karriere.

Als ich das College besuchte, habe ich mir selbst das Gitarrespielen beigebracht. Ich liebte Musik, und obgleich Musik absolut irrelevant für mein Ingenieurstudium oder meinen damaligen Karrierewunsch war, hatte ich ein positives Gefühl, weil ich in der Lage war, gut Gitarre zu spielen. Dieses Gefühl verwandelte sich in Selbstwert. Es lieferte mir die Grundlage zu der Überzeugung, dass ich einfach so gut wie alles lernen und erreichen konnte, was ich mir in den Kopf setzte und bereit war zu praktizieren. Ich habe miterlebt, wie sich dasselbe im Leben Tausender von Menschen abgespielt hat, die ich kenne.

Sind Sie ein guter Koch?

Können Sie singen?

Haben Sie künstlerisches Talent?

Sind Sie ein hervorragender Motivator oder Cheerleader für Menschen?

Sind Sie ein verantwortungsbewusster, einfallsreicher, zuverlässiger, ehrlicher Mensch?

Konzentrieren Sie sich auf die Dinge, die Sie beherrschen. Konzentrieren Sie sich auf Bereiche, in denen Sie etwas erreicht haben. Konzentrieren Sie sich auf Ihre Stärken.

Jeder Mensch verfügt über IRGENDETWAS, was er gut kann. Finden Sie diesen Bereich und bauen Sie darauf auf!

Jeder Mensch verfügt über IRGENDETWAS, was er gut kann. Finden Sie diesen Bereich und bauen Sie darauf auf! Betrachten Sie sich selbst als einen Menschen, der die Fähigkeit besitzt, etwas zu erreichen, zu lernen, zu leisten oder zu tun!

Sie werden ebenfalls feststellen, dass Ihre eigenen Empfindungen in puncto Selbstwertgefühl enorm aufgewertet werden, wenn Sie:

- Einen Traum auch dann weiterverfolgen, wenn andere aufgeben
- Sich motivieren, in die Startlöcher zu kommen und kleine Fortschritte zu machen, sobald Sie anfangen, nagende Selbstzweifel zu empfinden
- Ihresgleichen Respekt für ihre jeweiligen Erfolge zollen – die Betreffenden werden dann auch ihrerseits Ihnen Respekt entgegenbringen
- Angst überwinden – zum Beispiel, die Angst öffentlich zu sprechen oder die Angst zu fliegen
- Eine schlechte Angewohnheit aufgeben, wie zum Beispiel Rauchen oder übermäßiges Essen
- Selbständig ein Problem lösen
- Irgendetwas gut machen, selbst wenn es sich nur um etwas Unbedeutendes handelt

Entwickeln Sie ein Muster für ein positives Selbstgespräch

Ein positives Selbstgespräch kann sich als immens nützlich erweisen, da Sie Ihre eigenen Empfindungen in puncto Selbstwertgefühl entwickeln. Ich darf Ihnen einige ausgesprochen praktische Vorschläge machen.

Halten Sie drei oder vier der von Ihnen angestrebten Charaktereigenschaften schriftlich fest und lesen Sie sie täglich zur Bekräftigung. Wie wär's, wenn Sie sie an Ihrem

Badezimmerspiegel, am Armaturenbrett im Auto oder an Ihrem PC-Monitor befestigen? Der menschliche Geist funktioniert nach dem GIGO-Prinzip: „Garbage in, garbage out" (Müll rein, Müll raus). Füttern Sie Ihren Verstand mit Ängsten, negativer Kritik oder Müll, dann spuckt er Ihnen auch Angst, Negatives sowie Müll in Bezug auf Sie selbst aus! Bringen Sie positive Bekräftigungen ein, dann werden Sie wahrscheinlich auch positiver in Bezug auf sich selbst werden. Identifizieren Sie Ihre Pluspunkte und Stärken und konzentrieren Sie sich jeden Tag darauf. Sagen Sie laut zu sich selbst:

- Ich bin ein Mensch von Integrität.
- Ich bin loyal und zuverlässig.
- Ich bin ausdauernd und unverwüstlich.
- Ich bin sensibel und mitfühlend.
- Ich bin entscheidungsfreudig, optimistisch und kreativ.
- Ich bin zur Stelle und lernbereit.

Müssen Sie an einigen Bereichen in Ihrem Leben noch arbeiten, dann gewöhnen Sie sich an, besagte Bereiche positiv zum Ausdruck zu bringen:

- Ich entwickle gerade die Fähigkeit, meinen Ärger und meine Eifersucht unter Kontrolle zu halten.
- Ich bin dabei, vertrauensvoller, entscheidungsfreudiger und optimistischer zu werden.
- Ich bin mit jedem Tag ein besserer Ehemann und Vater.
- Ich entwickle mich gerade zu jemandem, der Menschen wirklich ermutigen kann.

EINE WARNUNG IN BEZUG AUF POSITIVE SELBSTGESPRÄCHE

Positives Denken und positive Selbstgespräche haben eine potenzielle Kehrseite, und die möchte ich nicht ignorieren. Versuchen wir zu der Überzeugung zu gelangen, uns selbst zu genügen, dann können wir in die Falle der „Selbstverherrlichung" tappen. Jedes Mal, wenn jemand der Meinung ist, die „Numero Uno" ... das einzige „Genie" im Raum zu sein ... oder die schönste und unwiderstehlichste Person in der Menge ... dann hat der Betreffende die Grenze zu Arroganz und Stolz mit Sicherheit überschritten. Bekräftigungen und positive Selbstgespräche sind wirkungsvoll und nützlich, solange wir nicht anfangen, uns selbst zu verherrlichen.

Bekräftigungen und positive Selbstgespräche sind wirkungsvoll und nützlich, solange wir nicht anfangen, uns selbst zu verherrlichen.

Wir alle stoßen auf irgendeine Art an unsere Grenzen – und das wiederum ist für uns Grund genug, um offen zu bekennen, dass wir andere Menschen brauchen.

Wir alle können nur ein bestimmtes Pensum erledigen – und das wiederum ist für uns Grund genug, uns auf die Hilfe anderer zu verlassen.

Uns steht pro Tag nur eine bestimmte Anzahl an Stunden zur Verfügung – und das wiederum ist Grund genug, dankbar für das zu sein, was wir haben und bewerkstelligen können.

Ich persönlich bin der Überzeugung, das beste Argument für ein positives und dankbares Selbstwertgefühl ist Folgendes: Wir sind von einem Gott geschaffen, der uns liebt und keine Fehler macht. Oder wie es ein berühmter amerikanischer Künstler einmal zum Ausdruck gebracht hat: „Gott produziert keine Ausschussware!" Das heißt für mich, Gott sollte in erster Linie den Lohn für das ernten, was ich werde, denn er hat mir das Rohmaterial gegeben, um damit zu arbeiten. Er ist auch der Eine, der mir die Zeit und Gelegenheit geschenkt hat, um meine angeborenen Eigenschaften, positiven Kontakte sowie meinen Charakter zu entfalten. Ich muss die Wahrheit akzeptieren, mich nicht selbst erschaffen zu haben. Ich kann lediglich danach trachten, das zu entwickeln, was mir eingepflanzt worden ist.

Ein positives Selbstgespräch ist eine nützliche Hilfe, um unser Denken auf unser Erfolgspotenzial sowie die Notwendigkeit zu konzentrieren, unsere Stärken zur Überwindung von Schwächen zu nutzen. Es sollte aber niemals dafür eingesetzt werden, uns davon zu überzeugen, kleine „Götter" oder anderen Menschen auf irgendeine Art überlegen zu sein. Geschieht das, dann haben wir uns selbst weitaus mehr Schaden als Gutes zugefügt!

Fokus auf die drei Gs

Kürzlich habe ich ein sehr wirkungsvolles Konzept inklusive Praxisteil in Erfahrung gebracht, das jedem helfen kann, ein solides Selbstwertgefühl aufzubauen. Konzentrieren Sie sich jeden Tag beim Wachwerden auf folgende drei Gs:

1. ***GOOD*** (GUT): Was können Sie GUT? Beginnen Sie mit etwas, wovon Sie wissen, dass Sie es können und gut können. Das kann etwas ganz Simples sein, doch konzentrieren Sie sich zu Beginn Ihres Tages auf diesen einen Punkt.
2. ***GRATEFUL*** (DANKBAR): Wofür sind Sie DANKBAR? Konzentrieren Sie sich jeden Tag auf mindestens einen Punkt, für den Sie aufrichtig dankbar sind. Dabei kann es sich um Ihre eigene Gesundheit, die Liebe eines Familienmitglieds, eine erworbene Kenntnis, eine schlechte Gewohnheit, bei der Sie auf dem besten Wege sind, sie abzulegen, eine sich positiv entwickelnde Beziehung oder eine Chance handeln, die sich vor Ihnen auftut.
3. ***GOAL*** (ZIEL): Identifizieren Sie ein ZIEL, das Sie im Laufe des Tages erreichen können. Denken Sie an etwas, das Sie während des vor Ihnen liegenden Tages auf jeden Fall zu Ende führen oder woran Sie arbeiten wollen.

Sehen Sie sich selbst als gut ... dann werden Sie mit größerer Wahrscheinlichkeit Ihr Bestes geben und Qualitätsarbeit liefern.

Sehen Sie sich selbst als dankbar ... dann werden Sie sich mit größerer Wahrscheinlichkeit anderen gegenüber von Herzen als dankbar erweisen sowie gesündere, versöhnlichere Beziehungen entwickeln.

Sehen Sie sich mit einem Ziel vor Augen ... dann werden Sie mit größerer Wahrscheinlichkeit Ihre Zeit und Energie weiser nutzen.

Derjenige, der qualitativ hochwertige Arbeit leistet, gute Beziehungen pflegt und produktiv ist, beendet den Tag mit dem Gefühl, etwas wert zu sein!

Schützen Sie sich vor Negativem

Sie werden immer Menschen begegnen, die Ihnen die Suppe versalzen. Einige von ihnen können sogar Leute mit „guter Absicht“ und der Meinung sein, es sei ihre Pflicht, das zu tun! Das Leben hat seine notorischen Neinsager, selbst ernannten Kritiker, Fachleute und Miesmacher. Es wird immer Menschen geben, die zu wissen scheinen, was für Sie das Beste ist. Manchmal können sogar Menschen, die uns lieben und der Meinung sind, uns zu beschützen, Dinge von sich geben, die Selbstzweifel in uns auslösen: „Das kannst du nicht“ ... „Du bist keine Führungskraft“ ... „Du hast etwas Derartiges bisher noch nie gemacht“ ... „Erinnerst du dich noch an das letzte Mal, als du so etwas Ähnliches ausprobiert hast?“ ... und schlimmer. Manchmal können Ihnen sehr nahe stehende Menschen Ihren Erfolg schlicht und einfach deshalb gefährden, weil sie eine Veränderung befürchten, weil ihre eigenen Ziele und Wertvorstellungen sich von den Ihrigen unterscheiden, oder weil sie Angst haben, den Kontakt zu Ihnen „zu verlieren“, wenn Sie zu erfolgreich werden.

Vor Jahren ist mir klar geworden, dass ich meine Gedanken vor diesen „Meinungen“ anderer schützen musste. Ich beschloss, künftig sehr sorgfältig darauf zu achten, wem und welchem Faktor ich es gestattete, Einfluss auf mich zu haben. Ich fing an mir drei Fragen zu stellen, bevor ich jemals dem Rat anderer folgte:

- Haben die Betreffenden das gemacht, was ich tun möchte?
- Verfügen sie über gute, verlässliche, genaue Informationen?
- Sind ihre Ziele die gleichen wie meine, oder genauso groß?

Gehen wir für einen Moment einmal davon aus, dass jedem von uns ein Glas Wasser in die Hand gedrückt worden ist, das bis zu einem gewissen Grad durch rote Nahrungsmittelfarbe verdorben wurde. Die rote Farbe symbolisiert das Negative, das wir erfahren haben. Einige Gläser zeigen ein dunkleres Rot als andere. Negative Erfahrungen scheinen willkürlich aufzutauchen und einigen Menschen sind mehr Negativerfahrungen als anderen beschert.

Wie können wir die rote Farbe in unserem Wasserglas denn nun reduzieren? Indem wir reines, frisches und ungefärbtes Wasser ZUGEBEN. Füllen Sie genügend frisches, klares Wasser in das Behältnis, dann kann die Rotkolorierung dadurch so verdünnt werden, dass sie kaum mehr sichtbar ist und vielleicht sogar derart verdünnt werden, dass sie *unsichtbar* ist.

Jeder Mensch kann anhand seiner Entscheidungen die „Färbung“ seiner persönlichen Selbstwahrnehmung verändern.

Beschließen Sie, Ihr eigenes Rennen mit einem positiven Selbstwertgefühl zu laufen. Beschließen Sie, sich von Ihrer persönlichen Überzeugung tragen zu lassen, dass Sie das haben, was für ein Leben von Bedeutung erforderlich ist. Beschließen Sie andere Menschen, die Sie auf Ihrem Weg ermutigen und beflügeln, zu Ihren Partnern zu machen. Beschließen Sie der Überzeugung zu sein, dass es einen Plan für Ihr Leben gibt und dass Sie ihn ausfindig machen und verfolgen können.

Nehmen Sie vorübergehend eine Anleihe bei anderen

Oft stecken wir in unseren schlechten Gewohnheiten und den uns limitierenden Konzepten fest. Wir kennen unsere Schwächen und zögern, den Schritt in neue Territorien zu riskieren. Wir brauchen vielleicht einen kleinen Anstoß von jemandem, der Besseres für uns im Auge hat.

Ich kann mich ausgesprochen glücklich preisen, eine einmalige Ehefrau und Partnerin zu haben. Nancy war von Anfang an genau das, was ich brauchte. Als wir uns im College kennen lernten, war ich ein kleinkariert denkender, ziemlich negativer und ernsthaft analytischer Ingenieur. Ich war ehrgeizig und besaß ein paar verborgene Talente, war jedoch mehr auf die von mir bei anderen beobachteten Stärken als auf meine inneren Stärken fokussiert. Ich hatte Vertrauen in meine Fähigkeit entwickelt, akademische Herausforderungen zu meistern, jedoch nicht in meine Fähigkeit, Menschen erfolgreich zu führen.

Mir war die große Bedeutung von Charakter, die Notwendigkeit, sich persönliche Ziele zu setzen oder die Wichtigkeit, an mich zu glauben, nur sehr unzulänglich bewusst. Meine Selbsteinschätzung limitierte mich.

Mir war klar, dass ich als Luftfahrtingenieur in der engen Welt von Wissenschaft und Technik gut zurechtkommen konnte. Doch ich hatte noch nie in der Geschäftswelt oder als Führungskraft Erfolg gehabt. Ich hatte mich weder in der High School noch im College als Führungskraft hervorgetan. Alle meine Auszeichnungen an der Purdue University wurden mir für akademische Leistungen verliehen – nicht dafür, Spielführer des Fußballteams oder Präsident einer Studentenverbindung zu sein.

Als mir klar wurde, dass meine Karriere in der Luftfahrt ihre Grenzen hatte und ich von meinem Leben weitaus mehr erwartete, als meine Vorgesetzten für mich vorsahen, da wusste ich, dass ich in einer Krise steckte. Ich musste langsam zu der Überzeugung gelangen, in einem neuen Bereich Erfolg haben zu können. Ich musste zu einem Unternehmer, einer Führungskraft und zu einem Menschen von Einfluss werden. Ich musste sogar die Fähigkeit entwickeln, vor großen Gruppen zu sprechen ... *schluck!*

Meine Geheimwaffe war und ist meine Frau. Ihr Optimismus, ihre Entschlossenheit und ihr unerschütterliches Vertrauen in mich waren erstaunlich. Nancys erkennbare Schwäche lag darin, dass sie sich nicht viel um die Details scherte und nicht wirklich gerne mit Leuten redete. Aber sie verstand es hervorragend zu träumen! Sie war eine Optimistin und ein Mensch der Tat!

Nancy erklärte mir wiederholt der Überzeugung zu sein, mir würde alles gelingen, und dass ich auch in der Arbeit mit Menschen Erfolg haben würde. Ich war der Meinung, sie sei verrückt und ertappte mich oft dabei, wie ich mir alle Mühe gab, mit den Zielen Schritt zu halten, die wir – wie sie mich überzeugte – gemeinsam erreichen könnten. Sie bediente sich dazu einer einmaligen Strategie, zu der es – wie ich heute weiß – auch gehörte, mir zu erzählen, etwas gut gemacht zu haben, auch wenn meine Vorstellung sich in Wirklichkeit als eher Mitleid erregend entpuppt hatte. Sie war der Überzeugung, es sei für mich wichtiger, an mich zu glauben, als auf eine Unzulänglichkeit hinzuweisen. Eines ihrer Mottos hat immer gelautet: „Es ist besser, die Menschen zu loben, als sie zu perfektionieren." Mit wachsendem Selbstvertrauen wuchsen dann auch mein Können und meine Effizienz ... womit sie bestätigt war!

Erinnern Sie sich noch an George Bernard Shaws klassische Erzählung *Pygmalion* (auch bekannt als das preisgekrönte Musical *My Fair Lady)*? Der intellektuelle Professor Higgins wettet mit seinem Freund, dass er eine gewöhnliche Blumenverkäuferin, Eliza Doolittle, in eine Lady verwandeln könne. Die Theorie lautet, dass Menschen zu dem werden, als das man sie behandelt. Als Fräulein Doolittle wie eine Lady behandelt wird und anfängt wie eine Lady zu sprechen, da wird sie auch zu einer Lady.

Es ist besser die Menschen zu loben, als sie zu perfektionieren.

Einige Eltern und Vorgesetzte verstehen es, das Positive hervorzuheben. Man hört sie oft sagen: „Du kannst das immer so gut" ... „Von Ihnen erwarte ich stets Gutes"... „Sie sind verblüffend in Ihrem Tun." Andere

Eltern und Vorgesetzte verstehen es wiederum, das Negative hervorzuheben: „Niemals machst du etwas richtig." Was Bestärkung erfährt, wird auch zur Realität. Gestatten Sie niemals einem anderen Menschen, den Höhenflug Ihres Erfolgs zu bremsen!

Ich reagierte auf Nancys POSITIVE Bestärkung. Ich wurde zu dem, der ich ihrer Meinung nach immer gewesen bin!

Beginnen Sie mit dem Prozess noch heute

Mein Freund Charles „Tremendous" Jones hat immer behauptet: „Du bist heute derselbe, der du in fünf Jahren sein wirst – mit Ausnahme von zwei Dingen: der Bücher, die du liest und der Menschen, die du triffst."

Im Laufe der Jahre habe ich Dutzende von Büchern gelesen, die darauf abzielten, Einstellung und Selbstachtung eines Menschen umzugestalten. Ich habe beschlossen, mich nur mit den Menschen zu umgeben, die einen positiven Beitrag zu meinen Zielen und Überzeugungen leisteten. Ich bin, wenn ich versagt habe, mit mir ins Reine gekommen, indem ich beschlossen habe „auch im Scheitern vorwärts zu kommen", wie John Maxwell es formuliert hat. In vielen kleinen Schritten habe ich ein positives Selbst-Image aufgebaut.

Für mich waren sechs Schritte lebenswichtig, und Sie sollen nun an diesen Prinzipien teilhaben:

1. **Leihen Sie sich Überzeugungen bei denjenigen aus, die von Ihnen überzeugt sind.** Nancy war mein „Professor Higgins". Irgendjemand hat einmal gesagt: „Ich bin nicht das, was ich meiner Meinung

nach bin ... ich bin nicht das, was ich IHRER Meinung nach bin ... ich bin das, was ich meiner Meinung nach Ihrer Meinung nach bin!“ Wir werden zum Spiegelbild dessen, wie wir behandelt und wahrgenommen werden. Beschließen Sie, sich Überzeugungen bei denjenigen auszuleihen, die an Sie glauben und an das, was Sie werden können. Gibt es in Ihrem Leben niemanden, der Ihnen den Rücken stärkt ... dann finden Sie diesen Jemand!

Ich bin nicht das, was ich meiner Meinung nach bin ... ich bin nicht das, was ich IHRER Meinung nach bin ... ich bin das, was ich meiner Meinung nach Ihrer Meinung nach bin!

2. **Wählen Sie Bücher und Kassetten, die ein positives Selbstwertgefühl fördern.** Es gibt von positiven, gebildeten Menschen viele klassische Selbsthilfebücher auf dem Markt. Hören Sie sich auch Audiokassetten und CDs zu dem Thema an, wie andere Menschen Ängste, Unsicherheiten und Probleme erfolgreich überwunden oder positive Einstellungen und solide Kenntnisse entwickelt haben.
3. **Pflegen Sie positive Kontakte.** Umgeben Sie sich mit Menschen, die bereit sind, an Sie zu glauben und Sie zu motivieren, statt Sie zu demotivieren. Statt sich in einem Umfeld zu bewegen, das Sie darin bestärkt, mit Menschen zu „konkurrieren“, schließen Sie sich lieber Leuten an, die Ihnen beibringen, Menschen zu „komplettieren“.

4. **Gehen Sie in puncto Erfolg Schritt für Schritt vor.** Ich bin ein großer Verfechter der kleinen Schritte. Selbst aus kleinsten Schritten kann im Laufe der Zeit Erfolg resultieren. Befassen Sie sich mit dem Leben Tag für Tag und Schritt für Schritt.
5. **Fangen Sie an, sich selbst zu motivieren.** Stoppen Sie den Zyklus sowie die Gewohnheit, sich immer wieder weiszumachen, wie unzulänglich Sie sind. Beginnen Sie, Ihre persönlichen Ziele und kleinen Erfolge zu bekräftigen. Nennen Sie sich die Attribute der Person, zu der Sie werden WOLLEN.
6. **Eignen Sie sich eine unveränderliche Perspektive an.** Denken Sie daran, dass Sie von Gott geschaffen und keine Fehlkonstruktion sind. Sie sind etwas Besonderes und dienen einem Zweck. Ihre einzigartigen Qualitäten, Stärken und Talente sind Teil eines großen Plans, und niemand kann hier Ihre Rolle übernehmen. Ihre Talente sind Gottes Geschenke an Sie ... was Sie mit Ihren Talenten erreichen, das ist Ihr Gegengeschenk an Gott.

Im Laufe der Jahre fing ich an, mir eine sehr simple Vorgehensweise bezüglich meiner Arbeit zuzulegen:

Wir müssen nicht konkurrieren.
Wir müssen uns nicht aneinander messen.
Wir müssen uns nicht entschuldigen.
Wir müssen lediglich akzeptieren und besser werden ... Schritt für Schritt und Tag für Tag.

Das „attraktivere" Du

Anscheinend wollen Menschen stets „attraktiv" sein. Sie erkennen nicht, dass der attraktivste Mensch jemand ist, der ein wirklich gutes Selbstwertgefühl aus dem Inneren heraus sein eigen nennt ... der seiner sicher ... sowie für andere förderlich ist. Je gesünder ein Mensch emotional ist, und je stärker das Selbstwertgefühl und der Charakter eines Menschen, desto mehr „Anziehung" übt diese Person auf andere aus. Er oder sie ist wie ein Magnet. Menschen *wollen* mit so einem Menschen zusammen sein.

Irgendwo in Ihrem Inneren befindet sich ein großer Klumpen bearbeitetes Gold. Durchbrechen Sie den Beton des armseligen Images, das mit Ihrem Einverständnis Ihr wahres Ich eingekapselt und versiegelt hat. Setzen Sie die Schönheit, das Potenzial sowie die Bedeutsamkeit Ihres Lebens frei!

Einstellung ist alles.

4

DAS KRANKE KIND

Mir ist einmal die Story eines Profi-Golfers zu Ohren gekommen, der ein wichtiges Turnier gewonnen hatte und gerade das Clubhaus verließ. Auf dem Parkplatz traf er eine Frau, die ihm erzählte, dass ihr Baby im Krankenhaus sei. Ihr stünden nur begrenzte finanzielle Mittel zur Verfügung und sie fragte den Golfer, ob er etwas von seinem Preisgeld entbehren könne, um ihrem schwer kranken Kind zu helfen. Der Mann war durch ihre Geschichte sehr betroffen und wollte helfen – so sehr, dass er sich veranlasst sah, ihr sein gesamtes Preisgeld zu überschreiben, damit sie sich die rettende Operation für ihr Baby leisten konnte.

Einen oder zwei Tage später kehrte der Golfer zum Clubhaus zurück und erzählte diese Geschichte einigen Herren dort. Verschiedene empörten sich: „Oh, nein! Man hat Sie ausgetrickst! Diese Frau hat das schon vorher gemacht. Es ärgert uns sehr, dass Sie ein weiteres Opfer von ihr sind. Das Ganze ist nur eine List von ihr, um zu Geld zu kommen!“

Der Golfer erwiderte: „Sie wollen damit sagen, es gibt gar kein krankes Baby?“

Sie bestätigten: „Stimmt!“

Darauf der Mann: „Das ist ja die beste Nachricht, die ich in der ganzen Woche gehört habe!“

Als ich von dieser Story das erste Mal erfuhr, musste ich inne halten und die Botschaft einsickern lassen. Ich fragte mich, wie ich wohl auf die Neuigkeit reagiert hätte, mein Geld gerade an eine Betrügerin verloren zu haben. Wäre ich „erleichtert“ gewesen, dass meine Sorgen um ein krankes Kind unbegründet waren, oder hätte ich mich auf das Geld konzentriert, das ich verloren hatte?

Was für eine wunderbare Perspektive dieser Golfer hatte! Was für ein großartiger Test seiner Fähigkeit, das „Gute“ zu sehen! Was für eine bewundernswerte Rangordnung der Prioritäten! Ich bezweifle, dass viele von uns diesen Test in Bezug auf ihre Einstellung bestanden hätten.

Wo liegt Ihr Fokus?

Wie bereits erwähnt, hat unser Sohn Eric seine ganz eigene Bürde an Herausforderungen zu tragen gehabt. Er hat sich insgesamt dreißig Gehirnoperationen unterzogen – elf in seinem ersten Lebensjahr – sowie mit zahlreichen weiteren Schwierigkeiten zu tun gehabt. Durch all diese Situationen hindurch ist Eric für unsere Familie immer ein leuchtendes Beispiel für eine positive Einstellung gewesen. Eric konzentriert sich auf das, was er KANN und auf das, womit er gesegnet ist – niemals auf seine „Behinderung". Er hat Anfälle, ihm wurden Kanülen gelegt (Tubus vom Gehirn, um übermäßige Flüssigkeit zu kanalisieren), er ist an einen elektrischen Rollstuhl gefesselt und nicht fähig, ohne Hilfe ins Bett zu kommen oder es zu verlassen. Trotz allem lebt er ein erfülltes und lebenswertes Leben und klagt niemals. Erstaunlich! Er hat sein ganzes Leben in und außerhalb von Krankenhäusern und Arztpraxen zugebracht und fährt trotzdem Ski, reist umher und bringt Geld auf, um anderen „behinderten" Menschen zu helfen.

Wir haben Eric einmal gefragt, ob er sich etwas vorstellen könnte, was er – wenn möglich – hinsichtlich seines Lebens gerne ändern würde. Er erklärte, sich nichts Derartiges vorstellen zu können. Ich fragte: „Wie wär's denn mit der Fähigkeit gehen zu können?" Er erwiderte: „Oh, daran habe ich überhaupt nicht gedacht, doch dann könnte ich nicht Power Soccer spielen oder den Menschen helfen, denen ich jetzt helfe. Und was noch schlimmer wäre, ich müsste mich in Disneyland ganz HINTEN anstellen!"

Eric akzeptiert das, was für ihn normal ist und macht einfach weiter. Er hält nach dem Guten in allen Dingen Ausschau. Er verschwendet weder Zeit noch Energie noch seine Intelligenz oder seinen großartigen Sinn für Humor damit, sich zu beklagen oder sich etwas zu wünschen. Lieber konzentriert er sich auf das, was machbar und praktikabel ist.

John Maxwell erzählt die Geschichte von einem kleinen Jungen, der sich leidenschaftlich wünschte, ein Baseballspieler der ersten Liga zu sein. Wie viele Jungen in Amerika wollte er als Schlagmann den Rekord an Home Runs brechen. Eines Tages marschierte er in den Garten, um seinen Schwung zu trainieren. Er schleuderte den Ball in die Luft, holte Schwung und traf daneben. „Schlag Nummer eins", sagte er zu sich selbst. Dann warf er einen zweiten Ball und holte aus. Und wieder traf er nicht. „Schlag Nummer zwei", rief er. Voller Entschlossenheit schleuderte er daraufhin den Ball erneut in die Luft. Und wieder holte er Schwung und verfehlte sein Ziel. „Schlag Nummer drei, du bist DRAUSSEN!" rief er aus. Dann hielt er eine Sekunde inne, um sich klar zu machen, was passiert war, und meinte: „Sieht so aus, als sei ich auf dem besten Wege, der tollste Werfer der Welt zu werden!"

Dieser kleine Junge hat wie Eric seine Perspektive revidiert, jedoch die Einstellung eines Gewinners beibehalten. Er war entschlossen, das Positive inmitten der Faktoren zu entdecken, die andere Menschen vielleicht als negativ betrachten. Wie gut können Sie das tun?

Ist Einstellung etwas, was man von Geburt an besitzt?

Sind manche Menschen dafür geboren, positiv und optimistisch zu sein, während andere es nicht sind? Ich glaube, es gibt einige angeborene Tendenzen. Ich zum Beispiel betrachte die Dinge von Natur aus „realistisch". Meine Frau bezeichnet dies als negativen Charakterzug und hat damit gelegentlich Recht. Als ehemaliger Ingenieur war ich der Meinung, es sei ein Zeichen begrenzter Intelligenz, „positiv" zu sein. Schließlich sind nicht alle Dinge wirklich großartig. Ich bin der festen Überzeugung, dass es für bestimmte Menschen zu bestimmten Zeiten notwendig ist, das Schlimmste in Betracht zu ziehen. So sollten zum Beispiel Anwälte, Chirurgen und selbst Ingenieure, die Tests durchführen, um festzustellen, wie etwas in der Praxis fehlschlagen könnte, nicht einfach nur „das Beste hoffen" und weitermachen. Sie müssen mit Vorsicht, wachsamen Augen sowie unter Berücksichtigung aller Möglichkeiten vorgehen.

Gleichzeitig bin ich durch Erfahrung sowie Revidierung meiner persönlichen Einstellung zu der Erkenntnis gelangt, dass Erwartungshaltung und Optimismus die Dinge oft besser verlaufen lassen, als es möglicherweise sonst der Fall wäre. Ich entwickle zunehmend Ungeduld gegenüber Bedenkenträgern, Pessimisten und Neinsagern, die eine fast rechthaberische Einstellung in Bezug auf das Leben haben – so, als seien sie alleine smart genug, NICHT optimistisch oder naiv zu sein. In Wirklichkeit ist es so, dass Menschen mit Optimismus sowie einer gewissen Erwartungshaltung selten enttäuscht werden – sie bekommen vielleicht nicht ALLES, was sie zu erreichen träumen, doch sie erreichen weit mehr als diejenigen, die überhaupt nicht träumen.

In Wirklichkeit ist es so, dass Menschen mit Optimismus sowie einer gewissen Erwartungshaltung selten enttäuscht werden.

Meine Frau Nancy andererseits tendiert dazu, durch und durch positiv zu sein. Sie geht vom Besten aus. Sie erwartet, dass die Dinge sich von selbst regeln. Sie ist äußerst intelligent, doch sie ähnelt sehr dem Golfer in der Story am Anfang dieses Kapitels. Sie lehnt es instinktiv ab, Opfer zu sein und sucht nach einem Silberstreifen in jeder Konfliktsituation.

Erinnern Sie sich noch an den komischen Dummkopf namens Eeyore in den Winnie-Pooh-Büchern? Er macht immer auf Probleme und Negatives aufmerksam. Am anderen Ende des Spektrums finden wir Tigger, den ewig hüpfenden, nie etwas Schlechtes denkenden Typen, der oft zu lustigen, aber letztlich wenig erfolgreichen Schlussfolgerungen kommt. Niemand möchte wirklich Eeyore sein – er ist deprimierend und desillusionierend. Doch genauso wenig möchte jeder Tigger sein, weil er oft als töricht und unintelligent rüberkommt. Wie dem auch sei, die Wahrheit lautet: Die Tiggers dieser Welt sind im Endeffekt weitaus besser dran als die Eeyores. Selbst wenn die Dinge sich nicht so entwickeln, wie sie es erwarten, haben sie immer noch ein gutes Gefühl! Die Eeyores dieser Welt fühlen sich *niemals* gut.

Die Krankheit namens Opfer-itis

Unsere Gesellschaft scheint dahingehend programmiert zu sein, nach jemandem zu suchen, dem für alle negativen Situationen die Schuld zugeschoben werden kann. Anscheinend ist uns von gewissen Psychologen, Erziehern sowie Politikern gelehrt worden, dass nichts jemals wirklich UNSER

Fehler ist. Wir werden darin bestärkt, unseren Eltern, unserem Boss, der Regierung, den Verwandten, der Ehefrau oder dem Ehemann, den Kindern, politischen Gegnern, einem ehemaligen Ehepartner, der Schwiegermutter, einem fiesen Nachbarn oder IRGENDJEMANDEM ... und manchmal auch JEDEM ... die Schuld für Dinge zuzuschieben, die in unserem Leben schief laufen. Unsere streitsüchtige Gesellschaft scheint nicht nur darauf aus zu sein, jemanden zu finden, der schuld ist, sondern jemanden, der dafür BEZAHLEN wird.

Manchmal findet man natürlich Leute, die ihren Mitmenschen absichtlich Leid zufügen oder aber aus Nachlässigkeit und Gedankenlosigkeit so agieren. Ab und an mag die Schuldzuweisung auch gerechtfertigt sein. Das Ausmaß aber, zu dem wir in unserem Land Schuld zuweisen, hat epidemische Ausmaße angenommen. Ich empfinde diese Situation als extrem kontraproduktiv, und zwar sowohl in Bezug auf den Einzelnen als auch in Hinblick auf die Gesellschaft. Gute Führungskräfte und erfolgreiche Menschen bleiben auf die Zukunft fokussiert und räumen für Selbstmitleid oder Schuldzuweisung nur wenig Zeit ein. Ihnen ist klar, dass es sich bei Schuldzuweisung sowie in der Folge bei der Einforderung von Geld oder einer sonstigen Entschädigung um eine zeitintensive, Energie verschwendende Aktion handelt. Gute Führungskräfte und erfolgreiche Menschen pflegen ihre Zeit und Energie eher dafür einzusetzen, eine bessere Zukunft zu schaffen.

Es stimmt nur selten, dass es jemandem deswegen nicht gelungen ist, ein Ziel zu erreichen oder Erfolg im Leben zu haben, weil er oder sie das „Opfer“ von jemandem war.

Mit Sicherheit trifft man im Leben auf Umstände, die unfair sind ... doch eine Situation diktiert niemals voll und ganz das Ausmaß, bis zu dem jemand an Bedeutung gewinnen kann! In einigen Fällen ist es sogar eine negative Gegebenheit, die einen Menschen in Richtung Bedeutsamkeit katapultiert.

Wir alle haben Begleitumstände erlebt, bei denen wir uns GEWÜNSCHT haben, sie wären anders. Wir alle haben in Situationen gesteckt, in denen wir uns GEWÜNSCHT haben, sie wären anders. Besagte Begleitumstände und Situationen, vergangen oder gegenwärtig, müssen uns nicht zwangsläufig belasten oder bremsen – sie belasten oder bremsen uns tatsächlich nur dann, wenn wir beschließen, die „Opfer"-Denkweise anzunehmen!

In den Anfängen unseres Unternehmens standen uns nur begrenzte Ressourcen zur Verfügung. Die meisten unserer Erstkontakte entpuppten sich als haarsträubender *Misserfolg*. Dann sahen wir uns mit der Herausforderung konfrontiert, ein Kind mit gravierenden Gesundheitsproblemen großzuziehen und aus besagten Problemen resultierten wiederum riesige Arztrechnungen. Waren Erics Gesundheitsprobleme sowie die Arztrechnungen eine Herausforderung? Absolut. Doch das wirkliche PROBLEM, mit dem wir uns zu jener Zeit in unserem Leben auseinandersetzten, war die Problematik mit unseren persönlichen Einstellungen und Reaktionen auf die Herausforderungen. Anfangs waren wir gelähmt durch die Probleme, mit denen wir uns konfrontiert sahen. Dann fingen wir an, uns auf die Lösungen zu konzentrieren ... und je mehr wir uns auf die Lösungen konzentrierten, desto kleiner wurden die Probleme und desto eher meisterten wir die Herausforderungen auf unserem Weg.

Worauf haben wir uns denn nun speziell konzentriert?

- Wir konzentrierten uns auf die Tatsache, dass wir durch unser Geschäft die Möglichkeit hatten, finanzielle Bedürfnisse zu stillen, denen wir uns als Familie gegenübersahen.
- Wir konzentrierten uns darauf, dass Eric lebte und das Potenzial hatte zu gedeihen.
- Mehr als auf die Fehldiagnose bei seiner Geburt konzentrierten wir uns darauf, seine Ärzte und das Krankenhaus, wo man sich um Eric kümmerte, nach besten Kräften zu unterstützen.
- Wir konzentrierten uns darauf, mit einem Sohn gesegnet zu sein sowie auf die Arbeit, die vor uns lag.

Unsere großen finanziellen Nöte trieben uns in vielerlei Hinsicht dazu, ein zu besagtem Zeitpunkt mittelmäßiges Geschäft in ein blühendes Geschäft zu verwandeln, das sowohl über unser als auch Erics Leben hinaus die nötigen Ressourcen liefern konnte. Das „Problem“ lag konkret in der Motivation in Richtung einer neuen Zielsetzung. Die Umstände, in denen wir uns befanden, wurden zum Katalysator für die Neugestaltung unserer Passion, unserer Vision und unseres Traums.

Die Umstände, in denen wir uns befanden, wurden zum Katalysator für die Neugestaltung unserer Passion, unserer Vision und unseres Traums.

Gibt man Ihnen Saures ... dann beschließen Sie, daraus Limonade zu machen! Verschwenden Sie Ihre Zeit nicht damit, die Hände zu ringen und zu lamentieren: „Ich Armer!“ Investieren Sie Ihre Zeit nicht in die Suche nach einem Schuldigen oder um die Tatsache zu beklagen, dass das Leben nicht fair sei. Legen Sie los und werden Sie aktiv! Haben Sie erst einmal eine köstliche Limonade hergestellt, dann finden Sie auch einen Weg, um sie zu vermarkten und das Alleinverkaufsrecht auszuüben! Konzentrieren Sie sich immer auf das vor Ihnen Liegende, nicht darauf, was hinter Ihnen liegt.

Ich liebe das kleine Gedicht, das jahrelang zirkulierte und den Titel „Paradoxe Gebote“ trägt. Ich führe es hier als ein hervorragendes Beispiel an, um das Leben in die richtige Perspektive zu rücken.

PARADOXE GEBOTE
von Dr. Kent M. Keith

Menschen sind unlogisch, unvernünftig und egozentrisch.
Lieben Sie sie trotzdem.
Tun Sie Gutes, wird man Sie selbstsüchtiger, niederer Motive bezichtigen.
Tun Sie trotzdem Gutes.
Sind Sie erfolgreich, dann gewinnen Sie falsche Freunde und echte Feinde.
Seien Sie trotzdem erfolgreich.
Das Gute, das Sie heute tun, wird morgen vergessen sein.
Tun Sie trotzdem Gutes.
Ehrlichkeit und Offenheit machen Sie verwundbar.
Seien Sie trotzdem ehrlich und offen.

Die bedeutendsten Männer und Frauen mit den großartigsten Ideen können von den unbedeutendsten und kleingeistigsten Männern und Frauen zu Fall gebracht werden.

Denken Sie trotzdem in großen Dimensionen.

Menschen begünstigen sozial Schwächere, eifern jedoch nur den Privilegierten nach.

Setzen Sie sich trotzdem auch für Unterprivilegierte ein.

Was Sie in Jahren aufgebaut haben, kann über Nacht zerstört werden.

Bauen Sie trotzdem auf.

Menschen brauchen wirklich Hilfe, attackieren Sie jedoch vielleicht, wenn Sie ihnen helfen.

Helfen Sie den Menschen trotzdem.

Geben Sie der Welt Ihr Bestes und man wird Ihnen einen Tritt versetzen.

Geben Sie der Welt trotzdem Ihr Bestes.

Gegebenheiten sind neutral

Ihr Problem ist vielleicht nicht Ihr WIRKLICHES Problem! In den meisten Fällen liegt das wirkliche Problem in Ihnen selbst, nicht in Ihrem Umfeld – es liegt in der Einstellung, die Sie in Bezug auf eine Situation oder Gegebenheit entwickeln. Sollte Ihre Einstellung Sie hemmen ... Sie lähmen ... oder Sie davon abhalten, das Problem als eine Herausforderung anzunehmen, die es zu bewältigen gilt, dann haben Sie ein wirkliches Problem.

Wenn Sie fallen ... dann richten Sie sich auf.

Wenn Sie wieder fallen ... dann richten Sie sich erneut auf.

Wir sind niemals wirkliche Opfer, es sei denn, wir gestehen uns zu, in Bezug auf unsere Einstellung und Lebensperspektive zu Opfern zu werden.

Das Geheimnis unseres dauerhaften Erfolges liegt NICHT in dem, was uns widerfährt, sondern darin, wie wir auf das REAGIEREN, was geschieht.

Das Geheimnis unseres dauerhaften Erfolges liegt NICHT in dem, was uns widerfährt, sondern darin, wie wir auf das REAGIEREN, was geschieht.

Der Golfer hat zwar sein Geld weggegeben ... es gab jedoch KEIN KRANKES KIND! Betrachten Sie alles, was Ihnen widerfahren ist oder vielleicht noch widerfahren wird, von der positiven Seite.

Blühen Sie dort, wo man Sie hingepflanzt hat.

5

DIE KAHLE WAND

Zwei Männer, beide schwer krank, lagen im gleichen Krankenzimmer. Ein Mann durfte sich jeden Nachmittag für eine Stunde in seinem Bett aufsetzen, um so die Flüssigkeit aus seiner Lunge abfließen zu lassen. Sein Bett stand direkt am einzigen Fenster des Raumes. Der andere Mann musste zur Muskelstreckung die ganze Zeit flach auf dem Rücken liegend verbringen, und eine halbhohe Wand zwischen den Betten versperrte ihm den Blick aufs Fenster.

Die Männer unterhielten sich endlose Stunden miteinander. Sie sprachen von ihren Frauen und Familien, von ihrem jeweiligen Zuhause, ihren Jobs, ihrem Militärdienst und davon, wo sie den Urlaub verbrachten. Jeden Nachmittag, wenn dem Mann im Bett am Fenster erlaubt wurde sich aufzusetzen, beschrieb er seinem Zimmernachbarn all die Dinge, die er außerhalb des Fensters sehen konnte.

Der Mann, der flach auf dem Rücken liegen musste, stellte fest, dass er anfing für diese einstündigen Perioden zu leben, in denen seine Perspektive durch all die Aktivität und Farbe der Außenwelt erweitert und belebt wurde. Das Zimmer gewährte Aussicht auf einen Park mit einem schönen See. Enten und Schwäne schwammen dort, während Kinder Modellboote fahren ließen. Junge Liebespärchen spazierten Arm in Arm zwischen den Blumen, die in allen Farben des Regenbogens leuchteten. Herrliche alte Bäume zierten den Rasen und man genoss die prächtige Aussicht auf die ferne Stadtsilhouette.

Während der Mann, der am Fenster saß, das Ganze in jedem Detail ausmalte, schloss der Mann am anderen Ende des Zimmers immer seine Augen und stellte sich die Szenen vor. An einem warmen Nachmittag beschrieb der Mann am Fenster eine vorbeiziehende Parade. Obgleich der andere Mann die Musikgruppen nicht hören konnte, konnte er sie doch – genauso wie die tanzenden Clowns, die farbenfrohen Festwagen sowie die geschmückten Pferde und Wagen – vor seinem geistigen Auge sehen.

Die Tage vergingen. Bei dem Mann, der nicht aus dem Fenster schauen konnte, keimte Neid auf. So sehr er auch die Beschreibungen seines Zimmernachbarn zu schätzen wusste, begann er sich doch zu wünschen, derjenige mit dem Ausblick zu sein. Er fing an, sich über seinen Zimmernachbarn zu ärgern und schließlich empfand er fast den verzweifelten Wunsch, seinen Platz am Fenster einzunehmen.

Eines Morgens kam die Krankenschwester ins Zimmer und stellte fest, dass der Mann am Fenster im Schlaf friedlich verstorben war. Traurig rief sie nach den Krankenpflegern, um den Leichnam wegbringen zu lassen.

Sobald es angemessen erschien, fragte der andere Mann, ob er in das Bett am Fenster umziehen könne. Die Krankenschwester erledigte die Umbettung gerne, und nachdem sie sich vergewissert hatte, dass er bequem untergebracht war, verließ sie ihn. Langsam und unter Schmerzen stützte er sich auf einen Ellbogen auf, um einen ersten Blick auf die Welt außerhalb des Fensters zu werfen. Endlich war ihm die Freude vergönnt, den Park unten mit all seinen Aktivitäten zu sehen! Er nahm alle Kraft zusammen, um sich zu drehen und hinauszuschauen.

Was er sah, war eine kahle Wand! Er klingelte nach der Schwester und fragte: „Wie war es meinem Zimmergenossen möglich, all die Dinge zu sehen, die er mir beschrieben hat? Warum sollte er mir von so viel Schönheit erzählen, und derart detailliert, wenn eine Wand aus schmutzigen alten Ziegelsteinen tatsächlich alles ist, was außerhalb dieses Fensters zu sehen ist?“

Die Schwester erwiderte: „Ach, je ... haben Sie's denn nicht gewusst? Ihr ehemaliger Zimmernachbar war blind. Er konnte nicht einmal die Wand sehen.“ Und dann fügte sie hinzu: „Vielleicht wollte er Ihnen ja einfach nur Mut machen.“

Haben Sie jemals einige der Emotionen empfunden, die diese Story vermittelt?

Haben Sie jemals mit jemandem den Platz tauschen wollen, weil Sie von bitterem Neid erfüllt waren? Sind Sie jemals extrem enttäuscht worden – vielleicht hat sich etwas, was Ihrer Meinung nach wundervoll gewesen wäre, als alles andere als wundervoll erwiesen? Sind Sie jemals Empfänger eines Geschenks der Ermutigung gewesen – und haben es zu dem Zeitpunkt nicht zu schätzen gewusst?

Wenn Sie ein Leben leben, das von dem besessen ist, was andere haben, dann kommt bei Ihnen sehr wahrscheinlich die Freude über die Gabe zu kurz, die andere versuchen Ihnen zukommen zu lassen.

Eifersucht und Konkurrenzdenken

Dankbarkeit ist eine Charaktereigenschaft, der heutzutage nicht viel Aufmerksamkeit zukommt. Eifersucht und Konkurrenzdenken sind weit häufiger die Norm, die in Filmen, in den Medien und in der Popmusik porträtiert wird. Zu gewinnen wird selten als Win-Win-Konzept präsentiert, das allen Beteiligten zugute kommt – zu gewinnen wird fast immer eher unter einem verzerrten Dem-Sieger-gehört-die-Welt-Blickwinkel dargestellt. Können wir nicht individuell gewinnen, dann wollen wir aber definitiv zum Gewinner-Team gehören – wobei das Verlierer-Team im Staub zu unseren Füßen liegt!

Konzentrieren wir uns voll und ganz auf das Gewinnen, dann kann das bei uns das Gefühl großer Undankbarkeit – auch zunehmender Eifersucht – auslösen, sobald wir uns auf der Verliererseite des Lebens wiederfinden. Sind wir ehrlich zu uns, dann müssen wir zugeben, dass Verlieren eine Erfahrung ist, die jeder irgendwann macht. Niemand gewinnt IMMER.

Selbst wenn wir uns nach intensivem Wettbewerb auf die Gewinner-Seite bewegen, entdecken wir oft, dass die Position, in der wir uns befinden, nicht automatisch mit Freude oder Frieden verbunden ist. Warum? Weil wir dieselben alten Einstellungen in puncto Eifersucht, Konkurrenzdenken und Undankbarkeit mitbringen. Uns steht immer noch ein Kampf oder Wettbewerb bevor. Es gibt immer noch mehr auszuhalten, zu bezwingen oder zu gewinnen. Es gibt immer noch einen Feind, der zu bekämpfen ist. Ein neidisches Herz ist selten zufrieden – es sieht immer wieder einen neuen Gegner, setzt sich ein neues Ziel, verinnerlicht eine neue Angst oder neuen Affront und will es zu „mehr" bringen.

Ein missgünstiges Herz kann leicht zu einem Herzen der Begierde oder Habgier werden.

Begierde und Habgier sind hochgradig destruktive Emotionen, die Menschen oft an der Realisierung ihrer Ziele hindern. Eifersucht, Begierde und Habgier lassen einen Menschen immer nach allen Seiten Ausschau halten, um die Konkurrenz in ihrem Wettrennen abzuschätzen, statt sich auf das direkt vor ihnen liegende Ziel zu konzentrieren. Ich glaube nicht, dass es irgendein Zufall ist, dass „Du sollst nicht begehren ..." zu den Zehn Geboten gehört.

So viele Menschen wollen heutzutage das haben, was andere Menschen haben – deren Ehepartner, deren Job, deren Reputation, deren Popularität oder deren Ruhm, deren Zuhause, deren Position. Sehr oft wollen sie das, was *ihrer Meinung nach* anderen Menschen im *Inneren* eigen ist – deren Glücklichsein, deren Gefühl von Sinn und Zweck, deren Seelen-

Beschließen Sie für das dankbar zu sein, was Sie *haben* ... hier und heute.

frieden, deren Gefühle von Liebe und Wohlergehen. In Wahrheit kennt jede Situation Probleme, jedes Leben Sorgen, jede Beziehung Schwierigkeiten, jede Chance im Kern eine massive Herausforderung oder ein Problem. Zu jedem positiven Aspekt gibt es fast immer ein negatives Pendant. Niemand bleibt von allen Problemen des Lebens verschont.

Wie müssen wir nun mit dem Gesamtpaket umgehen? Beschließen Sie für das dankbar zu sein, was Sie *haben* ... hier und heute.

Oft, wenn ich mit meiner Frau Nancy lange Strecken fahre, sagt sie plötzlich wie aus heiterem Himmel: „Sind wir heute nicht dankbar dafür, dass Eric *nicht* im Krankenhaus ist?" Ich antworte stets: „Ja, wir sind dankbar – jedoch niemals dankbar genug."

Jeder von uns ist dazu aufgefordert, für „das Gute" des heutigen Tages dankbar zu sein – nicht auf andere Menschen zu schielen, und sich nicht mehr oder Besseres zu wünschen oder zu erhoffen. Ein dankbares Herz versetzt einen Menschen in die Position, zu blühen und nicht zu welken ... auf andere eher anziehend als abstoßend zu wirken ... und mit eindeutigem Fokus auf ein gutes Ziel zuzusteuern.

Gegebenheiten sind ... schlicht und einfach Gegebenheiten!

Es hat für mich eine Reihe von Gelegenheiten gegeben, um den Stachel der Eifersucht in meinem Streben nach Erfolg zu spüren. In meinen Anfängen als Unternehmer sah ich andere Geschäfte schneller wachsen als meines. Ich war frustriert, dass viele meiner anfänglichen Kontakte – meine zahlreichen Familienmitglieder und Freunde – mir keine Unterstützung waren. Sie erklärten meistens, ich sei verrückt zu glauben, dass das, was ich verfolgte, funktionieren würde. Manchmal ertappte ich mich selbst bei folgenden Gedanken:

- Andere scheinen mehr Ergebnisse zu erzielen.
- Anderen Menschen scheint dies leichter zu fallen.
- Andere scheinen mehr Hilfe und Unterstützung zu bekommen.
- Andere scheinen mehr Ressourcen zu haben.
- Die Anerkennung scheint immer anderen zuzufallen.

Meine Frau und ich bereisten die ganzen Vereinigten Staaten auf der Suche nach jemandem, der unsere Vision aufgreifen würde, und erhielten faktisch kein Echo. In der Zwischenzeit florierten unsere Mitbewerber. Ich empfand Ärger und war peinlich berührt. Als wir dann nach und nach zu einigen Resultaten kamen, lagen wir immer noch weit hinter den anderen, die ihre Unternehmungen zur gleichen Zeit wie wir gestartet hatten. Ich hasse es jetzt zuzugeben, dass es Momente gab, in denen ich mich bei dem Wunsch ertappte, „größeres Glück“, mehr Hilfe oder andere Freunde zu haben! Ein neidischer Mensch sucht oft, die Schuld zu verlagern oder wird aufgrund der Gegebenheiten ärgerlich. Ich war neidisch.

Wie denken Sie heute? Ertappen Sie sich dabei, wie Sie sagen – sogar zu sich selbst:

- Ich wünschte, ich hätte IHRE Kontaktlisten.
- Ich wünschte, ich hätte IHREN Freundeskreis.
- Ich wünschte, ich hätte IHRE Persönlichkeit.
- Ich wünschte, ich hätte IHREN Mentor oder IHRE Führungskraft.
- Ich wünschte, ich könnte IHR Territorium haben.
- Ich wünschte, ich könnte IHREN Ehepartner ... oder IHRE Kinder haben (oder den Umstand, dass sie keine Kinder haben).

In Wahrheit hält keiner der besagten Punkte Sie auf. Es ist Ihre Einstellung von Neid und Begierde, die Sie aufhält. Gegebenheiten sind weder gut noch schlecht ... sie existieren schlicht und einfach.

Betrachten Sie einmal folgende Erzählung:

> Ein Gentleman im Nahen Osten hatte nur einen wirklich wertvollen Besitz – eine wunderschöne arabische Stute, die jeder als absolut perfekt ansah. Die Nachbarn kamen oft vorbei, um zu sagen, wie glücklich sich besagter Mann schätzen könne, diese eine wunderschöne Stute zu besitzen. Der Mann selbst wusste nicht, ob der Besitz der Stute nun gut oder schlecht war – ihm war lediglich klar, dass er ein großartiges Pferd besaß.
>
> Eines Nachts brach dieses Pferd aus dem Pferch aus, und als der Mann am nächsten Morgen aufwachte, entdeckte er, dass seine wunderschöne arabische Stute verschwunden war. Alle Nachbarn kamen vorbei und jammerten, wie schrecklich dies doch wäre. Der Mann selbst wusste nicht, ob das nun gut oder schlecht war

– ihm war lediglich klar, dass die Stute verschwunden war.

Etwa eineinhalb Wochen später kehrte die Stute zurück und brachte sieben wunderschöne Araberhengste mit in den Pferch. Die Hengste waren alle hingerissen von ihr. Jetzt kamen die Nachbarn vorbei und erklärten dem Mann, was er doch für ein wunderbarer Glückspilz sei. Sie sagten: „Du hast nicht nur deine Stute zurück, du hast auch sieben wunderschöne Hengste!“ Der Mann selbst wusste nicht, ob dies nun gut oder schlecht war – ihm war lediglich klar, dass seine Stute zurück war und sich sieben Hengste in seinem Pferch befanden.

Während der Mann und seine Nachbarn einen Blick auf die Pferde in seinem Pferch warfen, beschloss der Sohn, einen dieser Hengste zuzureiten, damit die Familie ihn möglicherweise verkaufen konnte. Der Hengst warf ihn ab und er brach sich ein Bein. Die Nachbarn stellten sich ein und meinten: „Das ist Pech!“ Der Mann wusste nicht, ob ein gebrochenes Bein nun etwas Gutes oder etwas Schlechtes war – ihm war lediglich klar, dass sein Sohn ein gebrochenes Bein hatte.

Zu etwa dieser Zeit schickte der König seine Elite-Soldaten durch das Gebiet, und die nahmen alle jungen Männer, die körperlich fit waren, mit sich in den Krieg. Besagter Sohn blieb verschont, weil er ein gebrochenes Bein hatte. Die Nachbarn kamen vorbei und erklärten dem Mann, welches Glück er habe, weil sein Sohn nicht in den Krieg ziehen müsse. Der Mann erwiderte: „Ich weiß nicht, ob das nun etwas Gutes oder etwas Schlechtes ist ... mir ist lediglich klar, dass mein Sohn ein gebrochenes Bein hat und nicht in die Armee muss."

Diese kleine Geschichte könnte ewig fortgesetzt werden! Der Punkt ist folgender: Sie kennen die Zukunft nicht und wissen auch nicht, wie sich irgendwelche Gegebenheiten Ihres Lebens im Laufe der Zeit „darstellen". Gegebenheiten sind nicht an sich, also von Natur aus, gut oder schlecht. Das Leben besteht aus einer Reihe von Ereignissen, und es ist für uns wichtig zu verstehen, dass Ereignisse im Prinzip neutral sind – die Bedeutung, die wir besagten Ereignissen beimessen sowie unsere Einstellung zu ihnen bestimmen, wie wir reagieren und welchen Weg wir in der Folge einschlagen.

Meine Frau Nancy und ich sind im Laufe der Jahre mit vielen anscheinend negativen Gegebenheiten konfrontiert worden. Waren unsere früheren Kämpfe schlecht ... oder waren sie nicht vielmehr Auslöser für uns, eine gewisse „Zähigkeit" zu entwickeln, um mit künftigen Herausforderungen fertig zu werden?

Waren unser früherer Geldmangel und die fehlende Versicherung für uns schlecht ... oder aber genau das, was wir brauchten, um härter zu arbeiten und bessere Führungsqualitäten zu entwickeln?

Ich habe miterlebt, wie meine „schlimmsten" Termine zu meinen besten Resultaten und meine anscheinend „besten" Meetings zu nichts geführt haben. Im Leben lassen sich sehr wenige Dinge völlig vorhersagen ... und sogar noch weniger Dinge im Leben bestimmen die Zukunft.

Zu oft fragen wir in Bezug auf unsere Begleitumstände: „Warum ich?"

Die wirkliche Frage lautet jedoch: „Warum *nicht* ich?"

Gegebenheiten stellen sich ein und verschwinden wieder. Schlechte Zeiten sowie gute Zeiten kommen und gehen. Wie die Redensart besagt: „Das Leben GESCHIEHT."

Wir haben vielleicht harte Zeiten zu Beginn unseres Geschäfts erlebt, doch innerhalb von drei Jahren nach Erics Geburt waren wir schuldenfrei (nachdem wir mehr als 150 000 Dollar an offenen Arztrechnungen bezahlt hatten). Wir leben in einem großen, neuen Haus, fahren neue Autos und haben es zu finanziellem Erfolg in einem Ausmaß gebracht, wie wir es uns in jenen Tagen, als wir vor einem Schuldenberg saßen, kaum hätten vorstellen können. Wir verdienten tatsächlich in einer Größenordnung, die uns unter die Top-1-Prozent aller Amerikaner brachte.

Wir waren plötzlich in der Lage, finanziell für Eric die allerbeste medizinische Versorgung zu ermöglichen, mit ihm und unseren anderen Kindern zu reisen sowie externe Hilfskräfte für seine Versorgung einzustellen. Verblüffend! Und die sogar noch erstaunlichere Tatsache für mich war, dass niemand verlieren musste, damit wir gewinnen konnten. Die negativen Dinge, mit denen wir uns konfrontiert sahen, wurzelten nicht im Konkurrenzdenken, genauso wenig wie das Positive, das wir erfahren sollten. Wir hatten das Leben schlicht und einfach als Paket genommen, mit Problemen ebenso wie mit Lohnendem. Wir verwandelten die „Probleme" in „Gründe", um härter, smarter und mit größeren Führungsfähigkeiten zu arbeiten.

Ich hatte mit Sicherheit niemals um die Begleitumstände oder Erfahrungen in Verbindung mit Erics Geburt gebeten ... doch wenn ich so zurückblicke, dann glaube ich, dass seine Gesundheitsprobleme wahrscheinlich den wichtigsten Hauptgrund darstellen, aus dem heraus wir den Erfolg genießen, den wir heute in unserem Unternehmen erleben. Seine Bedürfnisse waren so etwas wie ein „Weckruf", um uns auf den Weg und vorwärts zu bringen. Seine Gesundheitsprobleme waren genau das, was wir brauchten, damit unsere Einstellung in Dankbarkeit wurzelte und wir uns täglich an unsere Segnungen sowie unsere Verwundbarkeit erinnerten. Seine Situation war genau das, was wir für die Erkenntnis brauchten, dass keine Situation automatisch die Zukunft bestimmt – was wir heute inmitten einer Situation TUN, DENKEN und GLAUBEN ist genau das, was uns für das Morgen vorbereitet.

Was wir heute inmitten einer Situation TUN, DENKEN und GLAUBEN ist genau das, was uns für das Morgen vorbereitet.

Hatten wir unsere Einstellung erst einmal geregelt und fingen an, geschäftlich voranzukommen – verschwanden da Erics Probleme? Nein. Ihm standen weitere Gehirnoperationen, eine Operation an der Wirbelsäule sowie in den Folgejahren Dutzende von weiteren Problemen BEVOR. Nichtsdestotrotz ... wir sind IMMER sehr dankbar dafür gewesen, dass Eric unser Sohn ist, und wir lieben ihn genauso wie wir unsere beiden anderen Kinder Heather und David lieben. Hätten wir es im Geschäft jemals so weit gebracht, wenn Erics Gesundheitsprobleme nicht eine derartige Herausforderung für uns gewesen wären? Wer weiß? Mit Sicherheit weiß ich jedoch, dass es uns nirgendwo hingeführt hätte, uns in Missgunst zu suhlen oder unser Versagen den Umständen anzulasten!

Laufen Sie Ihr eigenes Rennen

Wir alle müssen uns für das Rennen entscheiden, das wir laufen wollen ... und dann beschließen, es mit unserer ganzen Energie, Stärke, Ausdauer sowie der Einstellung zu laufen „Ich WILL dieses Rennen nach meinem besten Können, Wissen und Geschick bestreiten".

Wir alle müssen zu der Schlussfolgerung kommen, dass kein Rennen jemals vorbei ist, solange wir es nicht aufgeben. Nur wenn wir aufgeben, versagen wir.

Die Tour de France ist wahrscheinlich weltweit die größte sportliche Herausforderung. In der Welt des Radsports ist sie der höchste Test in puncto Stärke und Ausdauer. Das Rennen besteht konkret aus zwanzig Rennen, die über 22 Tage gefahren werden. Der Kurs führt über mehr als 3000 km quer durch Frankreich und geht auch über Hochgebirgsstrecken, bevor die letzte Rennetappe die Fahrer dann die Champs-Élysées in Paris hinunterführt. Das Rennen erfordert immense mentale und physische Stärke und Ausdauer. 2004 war Lance Armstrong der erste und einzige Mensch, der jemals als Champion der Tour de France SECHS Titel in Folge gewonnen hatte.

Armstrongs Geschichte als Athlet begann in Plano in Texas, wo er als Teenager ein Top-Schwimmer und Triathlon-

Athlet war. Im Endeffekt galt seine ganze Aufmerksamkeit dem Radfahren. Noch vor seinem Abschluss der High School fing er an, für das Junior National Cycling Team zu trainieren. Armstrong gewann schließlich die US-Amateur-Meisterschaft und das prädestinierte ihn für eine Profi-Radsportkarriere. 1993 wurde er als Mitglied des U.S. Cycling Teams in der Weltrangliste auf Platz fünf geführt und sämtliche Radsportexperten schienen der Meinung zu sein, er würde 1996 mit Sicherheit die Tour de France gewinnen. Vor ihm war Greg LeMond als dreimaliger Champion der einzige Amerikaner gewesen, der sie jemals gewinnen konnte.

Als 1996 die Erwartungen für das Rennen stiegen, fing Armstrong an, verschwommene Bilder zu sehen und Blut zu spucken. Er ging zu einem Arzt. Tests wurden gefahren und schlussendlich entdeckte dieser Top-Athlet, dass er Krebs hatte. Er war nicht nur von einem massiven Tumor befallen, sondern der Krebs hatte sich in allen Teilen seines Körpers ausgebreitet – Leisten, Bauchgegend, Gehirn und Lungen. Der Krebs war bereits weit fortgeschritten und seine Ärzte räumten ihm anfänglich nur eine sehr geringe Chance ein, jegliche Form von Behandlung zu überleben. Allein in seinen Lungen hatte er elf Metastasen, davon einige in der Größe eines Golfballes.

1996 begab sich Armstrong in das Indiana University Hospital, wo er sich einem operativen Eingriff am Gehirn unterzog, gefolgt von intensiver Chemotherapie. Mehr als ein Jahr litt er große Schmerzen und lebte in Ungewissheit, während er und seine Ärzte sich dem Krebs auf jede ihnen bekannte Art stellten, um ihn zu bekämpfen. Armstrong überlebte, und erstaunlicherweise wurde ihm innerhalb eines Jahres mitgeteilt, er sei frei von Krebs!

Dann traf Armstrong die bemerkenswerte Entscheidung, seinen Körper wieder in Form zu bringen und für die Tour de France im Jahr 1999 erneut zu trainieren. Einen gesunden Körper für dieses Rennen zu trainieren ist bereits ein wahres Meisterstück, aber einen Körper zu trainieren, in dem sowohl weitflächiger Krebs als auch intensive Chemotherapie Verwüstungen angerichtet hatten, ist nahezu unmöglich. Einige spekulierten, dass er vielleicht noch nicht einmal in der Lage sein würde, das Rennen 1999 zu beenden, und praktisch niemand erwartete von ihm es zu gewinnen. Aber gewinnen – genau das tat er! Und nicht genug damit, er fuhr fort, das „Unmögliche" möglich zu machen – er gewann die Tour de France die kommenden fünf Jahre in Folge!

Erzählt Armstrong seine Geschichte, dann kommt er zu folgendem Fazit: Hätte er nicht die Krebserkrankung durchgemacht, dann hätte er die Tour de France niemals gewinnen können. Er erklärt seinen Zuhörern, dass sein Körper durch Krankheit und die damit verbundene Behandlung derart in Mitleidenschaft gezogen war, dass er keine andere Chance hatte, als seinen Körper von Grund auf wieder zu konditionieren. Er begann eine neue Art der „Drahtigkeit" von Muskeln und Kraft zu entwickeln, bei der selbst die jüngsten und durchtrainiertesten Athleten der Welt Schwierigkeiten haben mitzuhalten. Viele Athleten, speziell Bodybuilder, bauen Muskelzellen ab, um sie durch kräftigere Zellen zu ersetzen, die mehr Kraft und Ausdauer haben. Was nun Armstrong betrifft, so war er in der Lage, Muskelzellen aufzubauen ohne Zellen abzubauen. Krebs und Chemotherapie hatten die „Abbau"-Arbeit bereits erledigt.

Lance Armstrong sagt, dass er die Tour de France niemals hätte gewinnen können, hätte er nicht seine Krebserkrankung durchgemacht.

Oft konnte man bei einigen der quälend langen Anstiegsrouten in den Bergen sehen, wie andere Fahrer in ihren Rädern standen und kaum vorwärts kamen. Armstrong überholte sie dann immer mit 16 bis 23 km/h ... *sitzend!* Lance Armstrong ist heute ein Paradebeispiel für die Kraft des menschlichen Geistes, der das besiegen kann, was von den meisten für ein unüberwindliches Schicksal gehalten wird.

War der Krebs nun gut oder schlecht? Weder noch. Es war schlicht und einfach Krebs. Er wurde jedoch zur Basis für etwas Großes im Leben des Lance Armstrong, weil er sich entschied, diese Krankheit mit neu belebter Vision, mit Fokus und Entschlossenheit zu überwinden. Er verbrachte keine Zeit mit dem „Wunsch" nach einer besseren Situation. Er versank nicht in Selbstmitleid, Mutlosigkeit oder Depression. Er brachte nicht Monate damit zu, neidisch auf andere Radrennfahrer zu sein, die frei von Krankheit waren. Er akzeptierte schlicht und einfach die Herausforderung, mit der er konfrontiert war, und stellte sich darauf ein, alles Negative in Positives zu verwandeln.

Lance Armstrong fährt SEIN Rennen.

IHR Rennen zu finden und seine Umsetzung mit ganzem Herzen, Bewusstsein und ganzer Kraft zu verfolgen, das ist die Herausforderung, mit der Sie konfrontiert sind.

Versuchen Sie nicht, jemand anderes zu sein.

Wünschen Sie sich nicht die Gegebenheiten oder Attribute eines anderen Menschen.

Vergleichen Sie sich nicht mit anderen und lassen Sie auch nicht zu, dass Missgunst in Ihnen wurzelt.

Das Bett am Fenster mag im Endeffekt kein besseres Bett sein! Und selbst wenn dem so wäre, so ist es nicht IHR Bett. Besinnen Sie sich auf das, was Ihnen hier und jetzt beschert ist. Laufen Sie Ihr eigenes Rennen und vertrauen Sie auf das entsprechende Ergebnis und Timing. Und ... geben Sie niemals auf!

Fokus auf das lohnende Ziel, nicht auf die Hindernisse.

6

DER GOLDFISCH

Wie viele meiner Klassenkameraden in der High School besuchte ich anschließend das College, um mir die Ausbildung und Fähigkeiten anzueignen, die meiner Ansicht nach für ein erfolgreiches Leben notwendig waren. Ich wählte Luftfahrttechnik zu meinem Hauptfach. Ich war sehr an Wissenschaftlichem interessiert und zu der Zeit fing gerade das US-Raumfahrtprogramm an. Als die Russen den ersten Satelliten namens Sputnik in die Erdumlaufbahn brachten, fühlte ich mich zu der Überlegung inspiriert, was ich wohl zur Eroberung dieser neuen Dimension beisteuern könnte, die man als Weltraum bezeichnete. Ich beschloss, die Purdue University zu besuchen, weil sie zur damaligen Zeit die größte und angesehendste Fakultät für Luftfahrttechnik im Land bot, und weil sie das Eliteinstitut für die ersten neun amerikanischen Astronauten war, zu denen auch Neil Armstrong gehörte – der erste Mensch, der jemals den Mond betreten sollte.

Ich war begeistert, Studienfächer wie Aerodynamik, Thermodynamik, Differenzialrechnung sowie Quantenphysik belegen zu können. Zum damaligen Zeitpunkt ging ich davon aus, dass dies mein „Leben" sein würde – ich stellte mir vor, viele Informationen zu sammeln, mir fortgeschrittene akademische Grade zu verdienen, einen guten Job in einer großartigen Firma an Land zu ziehen und im Leben Erfolg zu haben. Ich hatte keine Ahnung, dass eine der wichtigsten Lektionen, die ich jemals während meiner Zeit bei Purdue lernen sollte, von außerhalb des Unterrichtsraums kommen würde.

Wie so viele andere unsichere und enthusiastische junge Männer, die auf dem Purdue-Campus eintrafen, wollte ich mich dem gesellschaftlichem Leben „anpassen". Da Purdue zu der Zeit etwa 25 000 Studenten hatte, zeichnete sich mir als bester Weg für besagte „Eingliederung" die Mitgliedschaft in einer Studentenverbindung ab. Sie haben vielleicht Filme über solche Verbindungen gesehen; das Klischee scheint immer das eines großen Hauses am Rande des Campus zu sein, mit vielen Typen, die es „sich gut gehen lassen". Ich bekam die Chance, mich einer der besten Studentenverbindungen bei Purdue anzuschließen, was für mich ziemlich überraschend kam. Viele der Top-Athleten im Campus waren Mitglieder und die Jungs schienen amüsant zu sein. Ich war der Meinung, es war smart, sofort beizutreten, als mir ein Platz angeboten wurde.

Mir war nicht bekannt, dass diese spezielle Studentenverbindung derartig viele Athleten mit derartig armseligen Abschlüssen hatte, dass dieses Corps eine letzte akademische Probezeit durchlief. Die Studentenverbindung brauchte Mitglieder mit guten Abschlüssen, um es sich mit der Universität nicht zu verderben. Als eindeutiger „A"-Student war ich der perfekte Kandidat. Ich war natürlich der Meinung, die Wahl sei auf mich gefallen, weil die Corpsmitglieder mich für „cool" hielten. Ich hatte ja keine Ahnung.

Eine Studentenverbindung funktioniert dergestalt, dass man zunächst einmal zum „Anwärter" wird. Die Vollmitglieder der Verbindung machen den Neuzugängen das Leben in der Regel ganz schön schwer und fordern den Anwärter oft dazu heraus, diverse Tests zu bestehen, bevor er mit der Vollmitgliedschaft belohnt wird. Dieser Testpart des Prozesses dauerte, soweit ich mich erinnere, ein paar Wochen und ich wollte liebend gerne meinen Part in puncto Erduldung aller Arten von demütigenden, mir auferlegten Herausforderungen erfüllen. Ich erreichte schließlich den Punkt, an dem mir von einem Finaltest erzählt wurde, den ich zu bestehen hatte – und zwar sollte ich einen lebenden Goldfisch schlucken. Richtig ... *LEBEND!*

Es war für mich unfassbar, zu etwas Derartigem aufgefordert zu werden! Ich stand richtiggehend Ängste aus, ob ich wohl fähig sein würde, dieses sich windende Etwas runterzukriegen, geschweige denn, es auch unten zu behalten. Ich hatte Unmengen von Fragen in Bezug darauf, ob besagter Fisch sich auch weiterhin winden würde, nachdem ich ihn geschluckt hatte, ob er leiden würde und welche Auswirkungen er wohl auf meinen Magen haben könnte. Jedoch nach all dem, was ich bisher ertragen hatte, um an diesen Punkt zu gelangen, kam Aufgeben jetzt nicht mehr in Frage.

Ich möchte nicht ins Detail gehen ... lassen Sie es bei der Aussage bewenden, dass ich den Test bestanden habe. Ich wollte es. Ich war der Meinung, die Herausforderung sei lächerlich, es jedoch wert, bewältigt zu werden. Und zu dem Zeitpunkt schien es für mich keine Alternative zu geben. Ich MUSSTE meine ursprünglichen Befürchtungen überwinden und die Herausforderung annehmen.

Schaue ich zurück, dann erkenne ich wie dumm das Ganze war. Jedoch zum damaligen Zeitpunkt, in dieser Situation und in einem Umfeld, in dem Angst belächelt und Stärke belohnt wurde, hatte ich das Gefühl, keine andere Wahl zu haben, als das zu tun, was ich tun musste.

Wog das Runterschlucken eines lebenden Goldfisches das auf, was ich bekam – die Mitgliedschaft in der Studentenverbindung? Nicht wirklich. Das Verbindungsleben neigt dazu, irgendwie überbewertet zu werden. Doch das eine wirklich Gute, das aus meiner Mitgliedschaft zu besagter Verbindung herrührte, lag darin, dass einer meiner Kameraden mich Nancy vorgestellt hat! Blicke ich zurück auf siebenunddreißig Ehejahre mit Nancy, dann bin ich froh, all meine ursprünglichen Ängste und Befürchtungen überwunden und diesen Goldfisch geschluckt zu haben!

Nun fragen Sie vielleicht: Was hat denn das Schlucken eines Goldfisches mit meinen späteren geschäftlichen Erfolgen zu tun?

Wie so viele Dinge im Leben, führt jedes Hindernis, dem man sich stellt und das man überwindet ... jede Angst, der man entgegentritt und die man bezwingt ... den Menschen an eine Stelle und auf eine Stufe, die dieser Mensch anderweitig nicht hätte erreichen können. Sie können buchstäblich jede Erfahrung, die Mut erfordert, dafür einsetzen, Ihren persönlichen Erfolg zu fördern.

Angst ist niemandem fremd

Angst ist eine Emotion, die jedem Menschen als Schutzmechanismus eingepflanzt wurde. Sie sind wahrscheinlich mit dem Ausdruck „Flucht oder Kampf" vertraut, der sich auf die automatische Reaktion des Gehirns auf Gefahr bezieht. Merken wir, dass unsere Sicherheit bedroht ist, dann sagt uns ein unmittelbarer Instinkt, entweder Reißaus zu nehmen oder stehen zu bleiben und die nahende Bedrohung zu bekämpfen. Die Bedrohung für unsere Sicherheit muss nicht einmal *real* sein. Selbst eine nur angenommene oder „vermeintliche" Bedrohung kann eine Flucht-oder-Kampf-Reaktion auslösen.

Manchmal steht unsere Angst in keinerlei Beziehung zu einer physischen oder externen Gefahr, sondern zu einer hauptsächlich innerlich angesiedelten Befürchtung – zum Beispiel die Befürchtung zu versagen oder die Befürchtung, sich zu blamieren. Derartige Ängste sind nicht lebensbedrohend, doch können wir trotzdem stark emotional auf sie reagieren. Wir stellen eventuell fest, dass unsere Angst für uns Anlass ist wegzulaufen – zumindest emotional, wenn nicht gar buchstäblich – und uns zu weigern ein Wagnis einzugehen, welches das Potenzial hat, unser Leben zu VERBESSERN. Wir stellen möglicherweise fest, dass unsere Angst uns lähmt, also werden wir überhaupt nicht aktiv. Wir finden vielleicht heraus, dass wir umgehend mit so etwas wie einer „Kampf"-Ansage reagieren, wobei wir auf diejenigen einschlagen, die uns mit der Herausforderung konfrontieren, oder Entschuldigungen aller Art finden, um die Herausforderung nicht anzunehmen, oder zunächst einmal allen möglichen Leuten oder Dingen die Schuld dafür geben, dass sich die Herausforderung für uns gestellt hat.

Menschen empfinden alle Arten von inneren Ängsten, wozu auch die Angst vor Veränderung gehört; die Angst eine Entscheidung zu treffen; die Angst, Verantwortung zu übernehmen, die in Zusammenhang mit einer Beförderung oder einer Verlagerung auf die nächste Lebensstufe zu sehen ist; die Angst vor Unbequemlichkeit oder die Angst, etwas zu riskieren.

Als ich vor Jahren zum ersten Mal mein eigenes Unternehmen lancierte, da wusste ich definitiv, dass da ein Potenzial für Versagen und Blamage existierte. Die meisten derjenigen, die mir zur damaligen Zeit mit Rat und Tat zur Seite standen, erklärten frank und frei: „Das funktioniert nie und nimmer!" Ich hatte speziell Angst davor, mit potenziellen Geschäftspartnern zu sprechen, wozu nicht nur die Angst gehörte, mit ihnen über mein Geschäft zu reden, sondern auch die Angst, von ihnen persönlich abgeschmettert zu werden. Als Ingenieur war ich dahingehend geschult, meinen Verstand im Rahmen dessen einzusetzen, was sich anscheinend als ziemlich sichere Welt wissenschaftlicher Untersuchungen darstellte. Mathematische Gleichungen, wissenschaftliche Formeln und Computerprogramme sind weitaus eher vorherzusagen als menschliche Wesen! War es auch eine faszinierende Idee, so steckte der Start meines eigenen Unternehmens doch voller Unbekannter. Ich ertappte mich dabei, Angst und Unschlüssigkeit zu empfinden.

Hatten Sie auch schon Gefühle von Angst und Unschlüssigkeit, wenn Sie sich einer neuen Herausforderung gestellt haben? Ich bin mir sicher, dass sie die hatten!

Was sind Ihre Goldfische?

Wovor haben Sie am meisten Angst – nicht nur in Bezug auf Ihr Geschäft, sondern Ihr Leben insgesamt? Welche Hindernisse scheinen Sie auf Ihren Wegen lahm zu legen?

Fällt es Ihnen schwer:

- Sich ein Ziel zu setzen und sich für die Realisierung zu engagieren?
- Jemandem zu verzeihen, der Sie verletzt hat?
- Sich der Demütigung auszusetzen, doch um Hilfe zu bitten?
- Mit Menschen außerhalb Ihres engen Familien- und Freundeskreises zu sprechen?
- Das zu überwinden, was Sie als peinliche Momente wahrnehmen?
- Jemanden, den Sie beleidigt oder verletzt haben, um Verzeihung zu bitten?
- Sich ungesunde Emotionen wie Zorn oder Eifersucht abzugewöhnen?

Jeder Unternehmer sieht sich in der Startphase eines neuen Geschäfts mit ziemlich offensichtlichen Hindernissen konfrontiert. Das Fehlen finanzieller Mittel, begrenzte Zeit, unterentwickelte Fähigkeiten, ein gnadenloser Wettbewerb sowie der Mangel an Informationen sind nur ein paar jener für die meisten Menschen offensichtlichen Hindernisse. Das weitaus größere Hindernis ist jedoch die ANGST.

Angst ist oft der Grund, aus dem jemand einen Termin nicht einhält, und zwar mit der Behauptung, „etwas Unvorhergesehenes sei dazwischengekommen".

Oft veranlasst Angst einen Menschen dazu etwas hinauszuzögern, besonders Aktivitäten wie telefonische Kaltkontakte.

Erfolgreiche Menschen sind Leute, die bereit sind, ihre Anfangsängste zu überwinden und die Dinge zu tun, die erfolglose Menschen nicht bereit sind zu tun.

Angst hält einen Menschen oft davon ab, sein Bestes zu tun oder alles zu geben.

Meine kleine Erfahrung mit dem geschluckten Goldfisch hat mich eine wertvolle Lektion in Bezug auf das Leben gelehrt. Menschen mit Erfolg geben nicht auf, wenn sich Dinge als schwierig erweisen. Erfolgreiche Menschen sind Leute, die bereit sind, ihre Anfangsängste zu überwinden und die Dinge zu tun, die erfolglose Leute nicht bereit sind zu tun!

Eine „Vorwärts"-Entscheidung treffen

Die Entscheidung „vorwärts" kann Sie über das Hindernis Angst hinwegbefördern. Dies ist eine der hervorragendsten Lektionen, die ich aus meiner Goldfisch-Erfahrung gelernt habe. Hatte ich erst einmal den festen Entschluss gefasst – „Ich WERDE diesen Fisch schlucken" –, wurden die Dinge tatsächlich einfacher. Ich habe keinen weiteren Augenblick gezögert, ich schluckte den Fisch!

Ich glaube, das trifft auf die Mehrheit der Menschen zu, die alle mit sehr vielen Ängsten konfrontiert werden. Treffen Sie erst einmal die Entscheidung, sich WIRKLICH vorwärts zu bewegen, vorbei an der Angst und hin zu dem Ziel, das Sie vor Augen haben ... dann wird alles leichter. Sie fangen an, andere Fragen zu stellen, wie zum Beispiel „Wie?", „Wann?", „Was zuerst?" sowie „Wen brauchen wir, und wo finden wir besagte Person?". Fragen wie diese motivieren einen Menschen dazu, die Antworten zu finden.

Als ich mich entschloss, mein Geschäft auch auf internationaler Ebene zu lancieren, da sah ich mich mit einer Reihe von großen Hindernissen konfrontiert. Die Ängste, die sich mit diesem Sprung in die „große weite Welt" verbanden, unterschieden sich ein wenig von den Ängsten, denen ich mich bei meinen unternehmerischen Anfängen gegenübersah, doch es waren nichtsdestotrotz Ängste. Konnte ich in einer Reihe von Ländern die Rechtsfragen in Zu-

Hatte ich erst einmal den festen Entschluss gefasst – „Ich WERDE diesen Fisch schlucken" – wurden die Dinge tatsächlich einfacher.

sammenhang mit meinen Geschäftsaktivitäten lösen? Konnten wir mit den sprachlichen Unterschieden umgehen? Hatten wir genug Kapital, um die Infrastruktur und den benötigten Lagerbestand aufzubauen? Würden dieselben Techniken, die in den Vereinigten Staaten gut für uns funktioniert hatten, auch in anderen Kulturen von Wert und Effizienz sein? Wo würde ich den Mitarbeiterstab zur Unterstützung dieses Unternehmens finden, und wie konnte ich die Belegschaft in einer derart weit verzweigten Firma koordinieren? Wo würde ich in den verschiedenen Ländern starke und talentierte Führungskräfte finden?

Besagte Ängste und all das Unbekannte ließen mich eine Weile zögern, doch hatte ich erst einmal die Entscheidung getroffen, mich „vorwärts" zu bewegen, da wurden die Dinge tatsächlich viel einfacher. Angst unterdrückt Kreativität und versetzt einen Menschen in die unangenehme Situation, sich weder vor noch zurückzubewegen. Eine Entscheidung setzt Kreativität und Energie frei und versetzt einen Menschen in eine entschlossene „Ab jetzt geht's nur noch vorwärts"-Position. Ein wesentlich aussichtsreicherer Ausgangspunkt!

Was ist für Sie treibende Kraft?

Der Autor Tony Robbins hat jahrelang gelehrt, dass wir alle durch eine von zwei Alternativen angetrieben und motiviert werden: Das Streben nach Vergnügen oder das Vermeiden von Schmerz. Das war mit Sicherheit bei mir der Fall, als ich mich mit der Herausforderung konfrontiert sah, einen Goldfisch zu schlucken.

Ich strebte nach dem „Vergnügen", das ich als einer der Campus-Insider meiner Meinung nach empfinden würde, sowie als „tapferer Krieger", der all die Herausforderungen bewältigte, die das Studentencorps ihm hinknallte. Ich betrachtete dies als Ticket zu einem besseren gesellschaftlichen Status und dachte, meine Mitgliedschaft in dieser speziellen Gruppe von Typen würde mein Image aufpolieren. Ich war naiv, strebte aber nichtsdestotrotz nach dem Vergnügen, das meiner Meinung nach direkt vor mir lag.

Als ich den Entschluss zu der Idee fasste, mein eigenes Unternehmen zu starten, da war ich zum Teil auch hinter den Annehmlichkeiten her, die – wie ich wusste – mir als Geschäftsinhaber zugänglich waren. Für mich bedeutete das weniger Einschränkungen in Bezug auf mein künftiges Einkommen und meinen Lebensstil. Gleichzeitig versuchte ich, schmerzlichen Erfahrungen aus dem Weg zu gehen. Ich war verzweifelt bemüht, aus der negativen und bedrückenden Enge der Industrie wegzukommen, in der ich mich befand. Der Lebensstil, den ich bei meinen Ingenieurskollegen beobachtete, die für den Konzern schon viel länger als ich gearbeitet hatten, war nicht das, was ich mir für mich oder meine Familie vorstellte.

Dieses Prinzip „Vergnügen oder Schmerz" bezieht sich auf alle Lebensbereiche. Nehmen wir zum Beispiel einmal die Person, die sich mit der Tatsache konfrontiert sieht, dass sie beträchtlich übergewichtig ist. Die meisten Menschen hassen Diäten, und eine anzufangen ist meist mit viel Aufschieben verbunden! Wir scheinen der Meinung zu sein, dass wir uns für den Rest unseres Lebens alle „guten" Lebensmittel versagen müssen, statt uns mit dem Konzept zu arrangieren, uns nur ab und zu ein bisschen dieser köstlichen Pizza und dieses verlockenden Desserts zu genehmigen, nur eben nicht jeden Tag. Was aber motiviert uns im Endeffekt, in Gang zu kommen und eine Diät anzufangen?

Einige Menschen werden durch Schmerz motiviert. Sie sind es leid, sich müde zu fühlen oder schmerzende Knie und einen schmerzenden Rücken zu bekämpfen. Sie sind es leid, den Schmerz zu empfinden, den wir als „Frust“ bezeichnen, weil ihnen einige Lieblingsteile ihrer Garderobe nicht mehr passen. Sie haben vielleicht den negativen, sehr unangenehmen Untersuchungsbericht ihres Arztes erhalten, vielleicht sogar einen, der von einer strengen „Werden Sie JETZT aktiv“-Standpauke begleitet war. Sie sind vielleicht krank geworden oder haben eine beängstigende Herzattacke durchgemacht.

Andere Menschen wiederum werden durch das Vergnügen motiviert, das sie ihrer Meinung nach erleben werden, wenn sie von schlanker Gestalt sind und dann auch mehr Bewunderung von ihren Mitmenschen ernten. Einige möchten das Vergnügen empfinden, in einen neuen Badeanzug oder eine neue Konfektionsgröße zu passen. Andere wiederum streben das Vergnügen an, das mit stabiler körperlicher Energie, ausreichender Kraft und optimaler Gesundheit Hand in Hand geht.

Wichtig ist dabei Folgendes: Machen Sie sich klar, dass nicht jeder Schmerz zwangsläufig auch etwas Schlechtes ist. Der eine oder andere Schmerz kann sie vorwärts, in Richtung eines Ziels motivieren. Machen Sie sich ebenfalls klar, dass nicht jede Annehmlichkeit zwangsläufig auch etwas Gutes verkörpert. Ein angenehmes Dasein kann Sie faul machen, die Verfolgung eines Ziels hinauszögern oder Sie sogar dazu bringen, ein „höheres Ziel" aufzugeben.

ANGENEHME VORGEHENSWEISEN ODER ERFREULICHE RESULTATE?

1940 hielt ein Mann namens Albert E. N. Gray einen Vortrag vor einer Gruppe von Verkaufsprofis für Lebensversicherungen. Ich stieß einige Jahre später auf diese Rede und stellte fest, dass sie eine erfrischende Perspektive eröffnete, die für mich sehr motivierend war. Die Rede trug den Titel „Der gemeinsame Nenner für Erfolg". Grays Prämisse gehörte zu den von mir bereits festgehaltenen: Erfolgreiche Menschen entwickeln Angewohnheiten und tun Dinge, die erfolglose Menschen nicht bereit sind zu tun. Als er über erfolgreiche Menschen sprach, sagte Gray Folgendes:

Erfolgreiche Menschen sind von dem Wunsch nach erfreulichen Resultaten beseelt. Misserfolge sind von dem Wunsch nach angenehmen Vorgehensweisen durchdrungen.

> Wenn es ihnen nicht gefällt, besagte Dinge zu tun (die erfolglose Menschen nicht tun wollen), warum tun sie sie dann? Weil sie in der Lage sind, die Dinge zu realisieren, die sie realisieren wollen, indem sie das tun, was sie nicht gerne tun.

Erfolgreiche Menschen sind von dem Wunsch nach erfreulichen Resultaten beseelt. Misserfolge wiederum

> sind von dem Wunsch nach angenehmen Vorgehensweisen durchdrungen und neigen dazu, sich mit solchen Ergebnissen zufrieden zu geben, wie sie aus der Umsetzung der Dinge resultieren, die man gerne tut.
>
> Erfolgreiche Menschen verfolgen ein Ziel, das stark genug ist, um sie die Gewohnheit entwickeln zu lassen, auch Dinge zur Realisierung dieses Ziels zu tun, die sie nicht gerne tun.

Gray ging dann auf eine Frage ein: „Ist es denn nicht schon ein ausreichendes Ziel, wenn ich eine Familie ernähren muss?“ Er erwiderte:

> Nein, ist es nicht. Und zwar aus dem simplen Grund, dass ... es leichter ist, uns dem Härtefall eines bescheidenen Lebens als dem Härtefall anzupassen, uns ein besseres zu gestalten.

Hier handelt es sich um simple, aber profunde Wahrheiten, die vor mehr als sechzig Jahren publiziert wurden, und zwar lange bevor die „Selbsthilfe“- oder Erfolgsindustrie – wie wir sie heute kennen – auf den Plan trat. Das Geheimnis des Erfolgs liegt darin, ein hochgestecktes Ziel zu verfolgen.

Verfolgen Sie einen bestimmten Zweck – ein sehr erstrebenswertes Ziel – dann sind Sie motiviert, Ängste und alle sonstigen Varianten emotionaler Schmerzen zu überwinden. Sie werden sich über die Unschlüssigkeit hinaus- und in die Aktivität hineinbewegen!

Mark Twain hat einmal Folgendes über Mut gesagt: „Mut ist Resistenz gegenüber Angst, Bewältigung der Angst, nicht das Fehlen von Angst." Einer der ersten Schritte in Richtung eines erfolgreichen und bedeutsamen Lebens heißt, Angst als einen normalen Part des Lebens zu akzeptieren, der bezwungen werden muss. Konzentrieren Sie sich auf das Lohnende, das vor Ihnen liegt, nicht auf die Gegebenheit, die Angst auslöst.

Die Kraftprobe mit einer Angst, und speziell die Kraftprobe mit einer lebenslangen Angst, kann sich als sehr befreiende Erfahrung zeigen. Beschließen Sie heute:

- Ich WILL zu Ende führen, was ich angefangen habe.
- Ich WILL unbedingt vorwärts kommen.
- Ich WILL einen neuerlichen Schritt in Richtung meines Ziels tun, obgleich ich bisher noch nicht alle Antworten kenne.
- Ich WILL bereit sein, mich mit Mut und Vertrauen ins Unbekannte vorzuwagen, weil ich mir etwas zum Ziel gesetzt habe, was wichtig und sehr erstrebenswert ist.

Überlegen Sie, was Sie wirklich WOLLEN. Lassen Sie dieses Motiv dann zur treibenden Kraft werden, die Sie über die Angst hinausträgt und die unsichtbare Schranke der Bedenken durchbricht. Treffen Sie erst einmal die Entscheidung, unbedingt vorwärts kommen zu WOLLEN ... dann ist es überhaupt kein Problem mehr, besagten Goldfisch zu schlucken. Sie könnten sogar so etwas wie eine Vorliebe für Fisch entwickeln.

Entfalten und bewahren Sie Ihre Reputation.

7

DER JUNGE MIT DEM EIS

Es war eine Szene direkt aus einem Norman-Rockwell-Gemälde. Ein kleiner Junge betrat ein Restaurant und setzte sich an den Tresen. Er wollte sich an einem heißen Sommernachmittag unbedingt mit einem Früchte-Eisbecher belohnen. Er durchstöberte seine Taschen, um herauszufinden, wie viel Geld er für dieses kulinarische Vergnügen gespart hatte. Er entdeckte fünf Vierteldollar-Münzen. Sobald er die geschäftige Kellnerin auf sich aufmerksam gemacht hatte, fragte er, wie viel das Eis mit Schokoladensauce denn kosten würde. „Einen Dollar und 25 Cents", antwortete sie.

Der Junge legte die Stirn in sehr nachdenkliche Falten. Er schwieg einen Moment und fragte dann: „Und wie viel nur das Eis, ohne die Schokoladensauce?"

„Einen Dollar", erwiderte die Kellnerin brüsk und versuchte, den Jungen zu einer schnellen Entscheidung zu drängen.

Der Junge überlegte kurz und sagte dann: „Dann bringen Sie mir bitte nur das Eis."

Kurz darauf kehrte die Kellnerin mit dem Eis und der Rechnung für den Jungen zurück. Sie begann, sich um ihre übrigen Kunden zu kümmern. Der Junge verdrückte seine Eisköstlichkeit und machte sich zur Kasse auf, wo er sich bei der Kellnerin bedankte und ihr vier Vierteldollar-Münzen für sein Eis überreichte.

Als der Mittagstrubel vorüber war, machte sich die Kellnerin auf, um den Platz am Tresen abzuräumen, wo der Junge gesessen hatte. Direkt neben seinem leeren Eisbecher fand sie einen Vierteldollar als Trinkgeld. Ihr war sofort klar, dass er zweifellos genug Geld für die von ihm gewünschte Schokoladensauce gehabt hatte ... jedoch nicht, wenn er etwas für sie übrig lassen wollte.

Aus Sicht des Jungen gab es keine Alternative. Er wusste, dass er nicht das gesamte Geld für sich selbst verwenden konnte. Unter Berücksichtigung eines Mitmenschen brachte er ein kleines Opfer. Er war auf dem besten Wege, sich einen „guten Ruf" aufzubauen, der ihn sein ganzes Leben lang begleitete.

Welch eine Lektion für uns in Sachen Führungsqualitäten! Der kleine Junge wusste intuitiv, was er zu tun hatte. Wir alle haben eine innere Stimme und ein eingebautes Gespür dafür, was in den meisten Situationen „die bessere Entscheidung" ist. Für viele von uns ist es jedoch nun das

Problem, im Laufe der Jahre zu viele rationale Überlegungen und Rechtfertigungen dafür erfahren zu haben, unserer inneren Stimme nicht zu folgen. Stattdessen hören wir auf eine Reihe anderer Ideen und Emotionen:

- Ich verdiene dieses kleine Vergnügen oder diese Belohnung wirklich – und ich verdiene sie genau jetzt.
- Niemand wird's bemerken.
- Ich kenne diesen Menschen nicht einmal richtig.
- Mir ist nicht klar, wie ich das Leben dieses Menschen signifikant verändern könnte.
- Dieses ungeschriebene Gesetz ist nicht meines, also werde ich es ignorieren.
- Ich habe gerade einen schlechten Tag, und man kann mich jetzt nicht mit den Problemen eines anderen Menschen belasten.
- Ich denke, da versucht vielleicht gerade jemand mich auszunutzen.

Es gibt eine bekannte Geschichte über Sir Winston Churchill, der eines Tages mit einem Freund eine Straße hinunterging. Die beiden Männer kamen an einer „Schönen der Nacht" vorüber. Um die Frau zu grüßen, tippte Churchill an seinen Hut. Unter Hinweis auf den Ruf der Frau wurde er von seinem Freund sofort für sein Verhalten getadelt. Churchill erwiderte: „Sir, ich tippe nicht wegen dem, was *sie* ist, an meinen Hut, sondern wegen dem, was *ich* bin."

Unser Verhalten ist die Quelle unserer Reputation, und im Endeffekt ist unsere Reputation ein Produkt aus dem, wer wir sind und wie wir uns verhalten, *selbst wenn uns niemand beobachtet.* Weder der kleine Junge am Eis-Tresen noch

„Sir, ich tippe nicht wegen dem, was *sie* ist, an meinen Hut, sondern wegen dem, was *ich* bin.“
– WINSTON CHURCHILL

Winston Churchill unternahmen den absichtlichen Versuch, jemanden zu beeindrucken. Sie haben sich schlicht und einfach so verhalten, wie sie sich zu verhalten wussten. Sie trafen die Entscheidung, „das Richtige“ zu tun, unabhängig davon, wer davon vielleicht Notiz nahm.

Woher rührt nun eine Reputation? Sie entsteht aus dem, was andere Menschen Sie tun sehen, wenn Ihnen nicht bewusst ist, dass man Sie beobachtet. Sie entsteht aus dem, was andere Menschen Sie tun sehen, und zwar als unbewusste, intuitive Offenbarung Ihrer inneren Werte und Überzeugungen. Wer wir sind und was wir tun, spricht lauter als alle Worte!

Wir alle kennen Menschen, die ihren „beredten Worten“ keine Taten folgen lassen. Aus unserer Sicht genießen sie keinerlei Glaubwürdigkeit. Ihr Ruf hat Makel – nicht dadurch, dass sie etwas Falsches tun, sondern es versäumen, bei der Stange zu bleiben und das Richtige zu tun.

Wer wir sind und was wir tun, spricht lauter als alle Worte!

Kleine Gesten der Freundlichkeit und Großzügigkeit – jemand anderen an die erste Stelle zu setzen, ist hier ein alltägliches Beispiel – sind die Faktoren, die im Laufe der Zeit einen soliden Ruf aufbauen.

Hier und da etwas Egoismus und Geiz – sich selbst an die erste Stelle zu setzen, ist hier ein alltägliches Beispiel – baut im Laufe der Zeit ebenfalls einen Ruf auf.

Die Frage, die Sie sich stellen müssen, lautet: „Welchen Ruf wünsche ich mir?“

Wie möchten Sie gesehen werden?

Welche der unten genannten Begriffe sollen nach Ihren Vorstellungen von anderen Menschen mit Ihnen in Verbindung gebracht werden?

Warum nehmen Sie nicht einen Bleistift zur Hand und kreisen die drei Spitzenreiter ein, die Sie gerne von Menschen verwendet wissen möchten, um Sie zu definieren?

Loyal	Egoistisch	Integrität	Kompetent
Billig	Ehrlich	Immer zu spät	Vertrauenswürdig
Verlässlich	Schludrig	Freundlich	Seriös
Mutig	Schwindler	Großzügig	Findig
Prompt	Hilflos	Geduldig	Gut bei Projekten
Selbstlos	Nett	Beharrlich	zweideutige Signale
Ungeduldig	Arrogant	Leidenschaftlich	Umsichtig
Faul	Intrigant	Lauwarm	Tolerant

Definieren Sie sich zunächst einmal selbst. Agieren Sie dann so, dass Sie Ihre eigene Definition „ausleben“! Es gibt einige unterschiedliche Szenarien, wie der kleine Junge am Eiscreme-Tresen HÄTTE vorgehen können.

1. Der kleine Junge hätte die Kellnerin völlig außer Acht lassen und sein gesamtes Geld für die Leckerei ausgeben können, die er haben wollte. Dies hätte zu besagtem Zeitpunkt möglicherweise nichts für die Kellnerin bedeutet, würde jedoch etwas für den kleinen Jungen bedeutet haben. Er hätte einfach einen weiteren Schritt in Richtung eines Lebens getan, das auf dem Prinzip basiert „Erfreu' dich der Dinge und benutze die Menschen“ statt auf „Erfreu' dich der Menschen und benutze die Dinge“. Hätte er die Kellnerin ignoriert, wäre er völlig ichbezogen gewesen. Im Laufe der Zeit und in Anbetracht ihrer ultimativen logischen Konsequenz könnte diese Vorgehensweise ihn dazu verleiten, stets die Bedürfnisse anderer zu ignorieren und sich einzig und allein auf das zu konzentrieren, was er will.
2. Der kleine Junge könnte zur Kellnerin gesagt haben: „Ich kann mir die Schokoladensauce genehmigen, wenn es Ihnen nichts ausmacht, kein Trinkgeld zu bekommen.“ Die Kellnerin könnte erwidert haben: „Okay“, und wäre vielleicht sogar der Meinung gewesen, seine Aussage sei pfiffig. Was hätte diese Vorgehensweise in dem kleinen Jungen ausgelöst? Eine manipulierbare Einstellung. Er wäre vielleicht auf dem besten Weg gewesen, sich vorzustellen, dass alle Menschen dazu „manipuliert“ werden könnten, seinen Bitten nachzukommen, wenn er seine Wünsche einfach nur so formulierte, dass sie dem ANDEREN die volle Last übertrugen, das zu tun, was richtig ist.

3. Der kleine Junge könnte versucht haben zu handeln. „Bringen Sie mir bitte nur für zehn Cent Schokoladensauce, und ich werde Ihnen ein Trinkgeld von fünfzehn Cent dalassen.“ Die Kellnerin wäre vielleicht einverstanden gewesen, hätte jedoch wahrscheinlich gelacht und erklärt: „Netter Versuch, aber das kann ich nicht machen.“ Was könnte dieses Vorgehen in dem kleinen Jungen ausgelöst haben? Die Einstellung, dass Abkürzungen möglich sind und Menschen dazu benutzt werden können, einem einen TEIL dessen zu geben, was man haben will, ohne den eigenen Part dabei zu erfüllen oder einen fairen Anteil der Last zu übernehmen.

Mit geradliniger Einstellung und ohne Manipulation ist der kleine Junge den Pfad der Großzügigkeit gegangen. Ich würde den Menschen gerne kennen lernen, der dem kleinen Jungen dieses Verhalten vorgelebt oder beigebracht hat. Ich habe da so eine Ahnung, dass es sich um ein Elternteil oder einen Lehrer gehandelt hat, der sich nicht einmal bewusst war, dass kleine Augen das beobachteten, was er tat.

Ihre Glaubwürdigkeit steht auf dem Prüfstand

Ob Sie sich dessen nun bewusst sind oder nicht – Ihre Glaubwürdigkeit und Ihre Reputation werden jeden Tag auf zahllose Arten und Weisen getestet. Nicht all Ihre Aktivitäten werden von anderen beobachtet ... doch bei vielen ist es der Fall.

Ob Sie sich dessen nun bewusst sind oder nicht – Ihre Glaubwürdigkeit und Ihre Reputation werden jeden Tag auf zahllose Arten und Weisen getestet.

Denken Sie einmal an drei Menschen, mit denen Sie arbeiten. Aller Wahrscheinlichkeit nach können Sie Charakter sowie Reputation jeder einzelnen Person mit einigen wenigen, simplen Adjektiven beschreiben. Basierend auf dem von Ihnen beobachteten Verhalten haben Sie einige Schlussfolgerungen in Bezug auf die Person gezogen.

Nun denken Sie einmal darüber nach, wie Sie in Bezug auf jeden Einzelnen dieser Menschen empfinden.

Arbeiten Sie gerne mit jedem Einzelnen? Wenn ja, warum?

Würden Sie eine Freundschaft, eine Partnerschaft oder ein Arbeitsverhältnis mit jedem Einzelnen in Betracht ziehen? Wenn nicht, warum nicht?

Denken Sie daran, wenn Sie andere Menschen auf diese Art bewerten können ... dann bewerten andere Menschen auch SIE auf diese Art!

Schaut sich die Firma nach jemandem um, der eine Beförderung verdient hat oder dem zusätzliche Verantwortungsbereiche anvertraut werden können, dann fällt ihr Blick in der Regel auf andere Qualitäten als technische Sachkenntnis oder Erfahrung. Sie ist auf der Suche nach einem Menschen, der Qualitäten wie Verantwortungsbewusstsein, Integrität, Loyalität und Teamgeist gezeigt hat. Als Inhaber von Unternehmen, denen Hunderte von Mitarbeitern angehören, bin ich mir bewusst, wie wertvoll eine Reputation bei der Entscheidung sein kann, wem die Verantwortung zu übertragen ist und mit welchen Dingen ein Mensch betraut werden kann. Eine solide Reputation hinsichtlich Kompetenz und Vertrauenswürdigkeit hat für mich großes Gewicht.

Jedes Mal, wenn Sie dabei beobachtet werden, wie Sie auf ethische Art agieren – und besonders dann, wenn es SCHEINBAR von niemandem wahrgenommen wird – dann bringen Sie etwas in Ihre „Reputationsbank" ein. Hierbei handelt es sich um einen Bereich, in dem Sie nach besten Kräften einen hohen Kontostand generieren wollen! Sie werden genau genommen nur riesige Mengen einzahlen, aber nichts abheben wollen.

Sollten Sie sich auf Ihrem Weg jedoch einer Situation bewusst werden, in der man etwas in Frage stellt, was Sie tun, dann mag eine Entnahme durchaus vonnöten sein. Haben Sie sich zum Beispiel die Reputation aufgebaut, ein rechtschaffener Mensch zu sein, dann werden Sie wahrscheinlich feststellen, dass andere im Zweifelsfall zu Ihren Gunsten entscheiden, sollte eine verdächtige Situation auftauchen. Tauchen Fragen in Bezug auf irgendetwas auf, was Sie getan haben und was nun möglicherweise den Anschein der Unehrenhaftigkeit erweckt, dann werden es oft nicht die zu Ihrer Verteidigung vorgebrachten Worte sein, die Sie retten, sondern eher die Reputation, die Sie bereits etabliert haben.

Wir hören oft die Redewendung „Sein Ruf eilt ihm voraus". Das kann gut oder schlecht sein! Genießt man eine starke und solide Reputation in Bezug auf Redlichkeit, Verantwortungsbewusstsein und Loyalität, dann kann das den Weg zu noch größerem Erfolg ebnen.

Streben Sie nicht danach, perfekt zu sein – seien Sie authentisch!

Jeder, den ich kenne, arbeitet gern mit Menschen zusammen, die nicht jede Sekunde bis zur Beendigung einer Aufgabe unter Aufsicht stehen müssen. Einer der Gründe, warum ich gerne Golf spiele, liegt darin, dass Golf meines Wissens der einzige Sport ist, bei dem die Leute sich Fouls oder Fehler selbst anlasten. Berührt ein Golfer zum Beispiel einen Ball oder bewegt ihn versehendlich, dann zählt das einen Schlag. Selbst wenn niemand es beobachtet, wird ein echter Profi – oder jeder, der das Spiel und sich selbst respektiert – den Fehler zählen und einen Schlag hinzuaddieren. Es gibt viele berühmte Geschichten über Turniere, in denen gutes Geld verloren wurde, weil ein Golfer seinen eigenen Fehler kundtat, auch wenn niemand anderer ihn bemerkte. Darin liegt sehr viel Größe!

Eine der großartigsten mir bekannten Geschichten, um dies zu veranschaulichen, ist eine Story über Bobby Jones. Er genoss eine legendäre Reputation, wenn es um Redlichkeit ging. Er war einer der größten Golfer der Geschichte, blieb jedoch Amateur, weil er sich seine Liebe zum Golfsport nicht mit Geldaspekten verderben wollte.

Einmal befand sich Jones anlässlich eines großen Turniers in der Situation, dass sein Ball auf Laub direkt neben dem Fairway lag. Das Match stand kurz vor dem Abschluss, und es stand eine gehörige Portion Prestige auf dem Spiel. Als Jones sich dem Ball näherte, standen die Offiziellen in Sachen Punktestand, zusammen mit einigen Reportern, direkt daneben. Jones galt unter den Fans als großer Favorit. Als er sich auf den Schlag vorbereitete, berührte sein Fuß einen kleinen Zweig, der nun wiederum das Laub in Bewegung versetzte ... das nun seinerseits den Ball ein klein bisschen zum „Wackeln" brachte. Das war ein Desaster! Es bedeutete einen Strafschlag. Reporter und Offizielle gaben einen kaum hörbaren Schreckenslaut von sich, als ihnen klar wurde, dass diese winzige Bewegung des Balls Jones möglicherweise den Turniersieg kosten könnte.

Was ist ein Sieg wert? Nicht annähernd so viel wie ein guter Ruf!

Dann machte jemand den Mund auf: „Ich hab' keine Bewegung gesehen – wie steht's mit Ihnen?" Ein Anderer fügte schnell hinzu: „Mir ist auch nichts aufgefallen."

Nicht lange, und schon versuchten alle in der Nähe Stehenden Jones zu „helfen", weil sie es als unfair empfanden, ihn aufgrund einer derart unglücklichen und unbedeutenden technischen Formalität das Turnier verlieren zu lassen. Jones jedoch sah hoch und erklärte: „Ich habe gesehen, wie er sich bewegte." Der Strafpunkt wurde gegeben, und Jones verlor tatsächlich um einen Schlag.

Was ist ein Sieg wert? Nicht annähernd so viel wie ein guter Ruf!

Nicht allen Golfern ist natürlich eine derartige Integrität eigen. Es gibt auch Golfer, die stets nach Wegen suchen, um einen oder zwei Punkte von ihrem Spielstand abzuziehen. Sie befördern den Ball vielleicht mit einem kleinen Stoß aus der Fluchtlinie eines Baumes, oder aber droppen einen neuen

Ball dort, wo einer „verloren ging“ und behaupten, der neue sei das Original, womit sie einem Strafpunkt entgehen.

Im Laufe der Jahre habe ich es als interessant empfunden, mit potenziellen Mitarbeitern oder Geschäftspartnern Golf zu spielen. Ich habe darin einen exzellenten Weg gesehen, sehr viel über den Ehrenkodex sowie den Charakter der Betreffenden zu lernen. Diejenigen, die in ihrer Partie Abkürzungen wählen, sind sehr oft Menschen, die auch in anderen Bereichen ihres Lebens Abkürzungen nehmen. Diejenigen, die offen und schnell Fehler und Fouls zugeben, sind wahrscheinlich in ihren geschäftlichen Angelegenheiten genauso ehrlich. Wen würden SIE lieber in Ihrem Geschäftsteam haben – denjenigen, der ewig Pläne zu seinem Vorteil schmiedet oder denjenigen, der bereit ist, Fehler einzugestehen?

Erlauben Sie mir, Ihnen noch eine weitere Golfgeschichte zu erzählen. Sie handelt von einem der größten Sportler unserer Zeit, Jack Nicklaus.

Im Laufe seiner Karriere hat Nicklaus sechs Masters-Turniere, fünf PGA-Meisterschaften, vier U.S. Open, drei British-Open-Turniere und zwei US-Amateur-Meisterschaften gewonnen. Nicklaus genoss jedoch nicht nur den Ruf, ein Sieger zu sein, er hatte auch den Ruf, einer der „hochklassigsten Jungs“ zu sein, die sich jemals auf einem Golfkurs bewegt hatten.

Wie ist er nun zu dieser Reputation gekommen? Lassen Sie mich Ihnen von einem Zwischenfall berichten, der sich 1969 während des Ryder-Cup-Turniers in Royal Birkdale in England zugetragen hat. Nicklaus und Englands Tony Jacklin waren zur damaligen Zeit wohl die zwei besten Golfer der Welt. Sie repräsentierten ihr jeweiliges Land und befanden sich bei Punktegleichstand am achtzehnten Loch.

Nicklaus musste für Amerika gewinnen, um den Cup zu behalten, und das ganze Gewicht Englands ruhte auf Jacklins Schultern. Nicklaus stand etwas über einen Meter vom Loch entfernt für ein Par, und Jacklin war nur noch etwa sechzig Zentimeter vom Loch entfernt. Dann tat Nicklaus etwas, worüber man noch heute als „the concession“ spricht, „das Zugeständnis“. Nachdem er sich aufgestellt und seinen Putt versenkt hatte, schockierte er die Welt, als er sich ohne Umschweife vorbeugte und die Markierung seines Gegners hochhob. Während er dies tat, erklärte er: „Ich glaube nicht, dass dir dieser Putt misslungen wäre, doch unter den gegebenen Umständen will ich keinesfalls, dass du auch nur die Möglichkeit dazu hast.“

Das Schlussergebnis war automatisch ein Gleichstand, der erste in der Geschichte des Ryder Cups. Es war ein Moment unvergleichlicher Fairness, von dem noch heute gesprochen wird.

Die Freundschaft zwischen Nicklaus und Jacklin besteht nach wie vor. Erst kürzlich haben sie den Bau eines Golfrefugiums von Weltklasse in Sarasota in Florida abgeschlossen ... gemeinsam. Das Refugium ist bekannt als „The Concession“. Jacklin wird in dieser privaten Einrichtung leben und damit werden er und Nicklaus den Geist dieser so viele Jahre zurückliegenden Geste aufrechterhalten.

Was Nicklaus getan hat, war weder notwendig noch wurde es erwartet ... es hatte aber Klasse. Es war großherzig. Er ersparte seinem Freund und Champion-Kollegen jegliche Möglichkeit der Verlegenheit. Er gab sich mit einem Gleichstand zufrieden, baute sich damit aber den Ruf eines Menschen von Charakter und Bescheidenheit auf. Nur sehr wenige Menschen würden sich heute noch daran erinnern, wer 1969 den Ryder Cup gewann, nicht einmal daran, wer den Wettbewerb bestritt. Wir erinnern uns jedoch noch heute daran, was Nicklaus am achtzehnten Loch getan hat.

So viel kann erreicht werden, wenn es für uns ohne Belang ist, wem dafür die Anerkennung zukommt!

Streben Sie danach, ein authentischer Mensch zu sein ... nicht unbedingt ein perfekter.

Bemühen Sie sich, ein Mensch zu sein, der nicht ständig auf der Suche nach Anerkennung oder Ehren ist ... vielleicht stellen Sie dann fest, dass Sie im Laufe der Zeit eine gute Reputation gewinnen.

Streben Sie danach, ein Mensch zu sein, der aufgrund eines erstklassigen Charakters einen soliden Ruf genießt ... und Sie werden zum gesuchten Freund, Nachbarn und Geschäftspartner.

So viel kann erreicht werden, wenn es für uns ohne Belang ist, wem dafür die Anerkennung zukommt!

Ihre Vergangenheit ist nicht Ihre Zukunft.

8

DER VERHUNGERNDE FISCH

Vor einigen Jahren führte man ein hochinteressantes wissenschaftliches Experiment durch. Ich erfuhr zunächst davon durch einen Film über Dr. Eden Ryl, einen Verhaltenspsychologen und Vortragsredner. In diesem Film wurde ein riesiger Hecht aus nördlichen Gewässern in ein Aquarium gesteckt, in dem er sich von kleinen Elritzen ernähren konnte. Kameras hielten die Aktionen des Fischs über einen Zeitraum von Tagen fest.

Nach einiger Zeit veränderten die Wissenschaftler die Gegebenheiten, indem sie eine Glasbarriere zwischen den großen Fisch und all die Elritzen platzierten. Jedes Mal, wenn der Hecht versuchte, eine Elritze zu verspeisen, hinderte ihn die Glaswand daran. Nach wiederholten Misserfolgen sowie einigen schmerzlichen Erfahrungen, weil er an das Glas stieß und kein Futter als Belohnung bekam, gab der Fisch den Versuch auf, die Elritzen auf der anderen Seite der Trennwand zu attackieren. Als man sich einig war, dass der Fisch extrem hungrig sei, entfernten die Wissenschaftler die Glasbarriere und gestatteten den Elritzen, frei in dem Behälter herumzuschwimmen. Sie standen dem ausgehungerten und viel größeren Fisch als Nahrung voll und ganz zur Verfügung.

Zur Überraschung aller unternahm der Hecht keinerlei Versuch, die Elritzen zu fressen. Der Fisch schwamm in einem Wasserbecken, das buchstäblich voller Futter war – und hatte Hunger bis zur Verzweiflung. Und trotzdem VERSUCHTE er nicht einmal, die Elritzen zu fressen. Nach derart vielen erfolglosen und schmerzhaften Versuchen, an das Futter zu gelangen, war der Fisch offensichtlich davon überzeugt, dass er keinen weiteren VERSUCH unternehmen sollte. Der Fisch starb ... er starb den Hungertod in einem Aquarium voller Futter!

Das Futter war nicht unerreichbar.

Der Fisch GLAUBTE, das Futter sei unerreichbar.

Wie viele Menschen befinden sich heute in einer ähnlichen Situation? Sie erinnern sich schmerzlicher Versuche, zu Erfolg zu kommen; vergangener Misserfolge; der Peinlichkeit eines verfehlten Ziels sowie Zeiten der Ablehnung und Entmutigung ... und sie entwickeln für sich die Überzeugung, dass Erfolg und Bedeutsamkeit UNERREICHBAR sind.

Unser Versagen, auch weiterhin von der Möglichkeit unseres Erfolgs überzeugt zu sein, kostet uns vielleicht nicht – wie im Fall des Fisches – unser Leben, könnte uns jedoch die LebensQUALITÄT kosten, die wir uns wünschen.

Die Entscheidung treffen, einen nochmaligen Versuch zu starten

Stellen Sie sich heute einmal die Frage: „Was würde mir möglicherweise gelingen, könnte ich heute ohne Negatives aus der Vergangenheit, ohne vorausgegangene Misserfolge und ohne schmerzliche Erinnerungen beginnen?"

Geht es um Ereignisse in Ihrer Vergangenheit, dann ist es sicherlich zutreffend, dass man keinen kompletten Schlussstrich ziehen kann. Folgendes trifft jedoch ebenfalls zu: Sie KÖNNEN einen Schlussstrich ziehen, wie Sie über das Negative in Ihrer Vergangenheit DENKEN.

Die Menschen sagen oft: „Ich habe das bereits zuvor ausprobiert und möchte das Ganze nicht nochmals durchmachen." Aller Wahrscheinlich nach WERDEN Sie das Ganze NICHT nochmals durchmachen – zumindest nicht in der gleichen Weise wie zuvor!

Die Welt verändert sich ... und Sie können das auch.

Was früher zutraf ... trifft vielleicht nicht mehr zu.

Sie können die Entscheidung treffen, besser zu werden, und haben vielleicht schon auf vielerlei Arten zusätzliche Kenntnisse oder Informationen erworben, die Sie für die Herausforderung *besser* geeignet machen. Sie können sich zu einem nochmaligen Versuch entschließen, und Änderungen in Bezug auf die Art vorzunehmen, mit der Sie einer Herausforderung begegnen. Was war ... entspricht nicht zwangsläufig dem, was IST.

Im Sport, wie zum Beispiel beim Baseball, verzeichnen selbst die allerbesten Fänger nur etwa zu einem Drittel ihrer

Versuche einen „Erfolg". Diejenigen mit den meisten Volltreffern sind in der Regel auch diejenigen mit den meisten Fehlpässen.

Was Thomas Edison betrifft, so scheiterten mehr als 10 000 Versuche die Glühbirne zu erfinden, bevor ihm Erfolg beschieden war. Nach jedem fehlgeschlagenen Versuch kam Edison zu dem Schluss: „Das ist also eine weitere Variante, mit der es nicht funktioniert" – und dann probierte er einen neuen Weg aus.

Die Welt braucht nicht noch mehr Menschen, die aufgeben. Sie braucht mehr Menschen, die aufstehen und wieder aktiv werden. Rich DeVos, Gründer des Firmenverbunds Alticor und Milliardär, wurde einmal gefragt: „Was tun Sie, wenn Sie am Boden liegen?" DeVos erwiderte: „Ich stehe wieder auf!" Manchmal ist es ganz genau so simpel. Eine Enttäuschung oder einen Misserfolg zu erleben, kann hart sein, doch sind Misserfolge und Enttäuschungen IN DER REGEL ein Faktor auf dem Weg zu jedem wahren Erfolg.

Das Prinzip, etwas wieder und wieder zu versuchen, trifft nicht nur auf geschäftliche Unternehmungen sowie die Erledigung verschiedener Aufgaben oder Projekte zu; es kann ebenfalls auf Beziehungen zutreffen.

Haben Sie jemals eine gescheiterte Beziehung erlebt? Vielleicht die Zerrüttung einer Ehe oder eine Scheidung? Manchmal werden Menschen derart verletzt und die Gefühle der Zurückweisung sind so intensiv, dass sie zu der Schlussfolgerung gelangen, dass alle künftigen Beziehungen eines Tages auf die gleiche Art enden werden. Und sie weigern sich daher, einer neuen Beziehung eine Chance einzuräumen. So viele Menschen sagen: „Ich werde niemals mehr einem anderen Mann (einer anderen Frau) vertrauen! Ich will nie mehr derartigen Kummer durchmachen!“ Nun ... die Vergangenheit ist nicht die Zukunft. Beschließen Sie, aus gescheiterten Beziehungen zu lernen, was Sie können, und seien Sie sich dann darüber im Klaren, dass jede Beziehung anders ist. Seien Sie sich ebenfalls darüber im Klaren, dass sich die zerbrochene Beziehung als verkappter Segen entpuppen kann – Ihnen ist vielleicht insgesamt noch größerer Kummer erspart geblieben.

Kann man Weisheit und Erfahrung gewinnen ... dann gewinnen Sie sie.

Ist Vergebung zu gewähren ... dann gewähren Sie sie.

Gibt es ein Problem in Ihrem Leben, mit dem Sie sich auseinander setzen müssen ... dann setzen Sie sich damit auseinander. Und dann:

- Werden Sie besser, nicht verbittert.
- Werden Sie stärker, nicht schwächer.
- Werden Sie weiser, nicht zynischer.

Drei wichtige Lektionen auf dem Lehrplan

Jedermann ist gut beraten, drei Dinge lieber früher als später zu lernen:

1. LERNEN SIE MIT KRITIK UND ABLEHNUNG UMZUGEHEN

Machen Sie aus Ihrem Herzen keine Mördergrube. Akzeptiert Ihr Boss Ihre Idee nicht, schmettert er Ihren Vorschlag ab oder äußert sich sogar offen negativ über Ihre Leistung, dann weigern Sie sich, in Kummer und Selbstmitleid zu versinken. Fragen Sie sich: „Was kann ich daraus lernen? Was muss ich ändern? Wie muss ich reagieren, um das Ganze ins Gegenteil zu verkehren? Gibt es irgendetwas in meiner Idee, meinem Vorschlag, meiner Einstellung oder meiner Leistung, was ich verbessern oder ändern muss?“ Statt auf den emotionalen Schmerz des Augenblicks konzentrieren Sie sich lieber auf das, was getan werden KANN. Schauen Sie der Realität ins Auge, dass jeder Mensch von Zeit zu Zeit kritisiert wird, selbst die mächtigsten, einflussreichsten, berühmtesten und wohlhabendsten Menschen der Welt! Niemand wird immer und ewig von allen Menschen gepriesen, geliebt oder akzeptiert. So ist das Leben.

2. LERNEN SIE MIT BLAMAGEN UMZUGEHEN

Meistens werden Menschen von Dingen in Verlegenheit gebracht, die niemand sonst auch nur zur Kenntnis nimmt, oder die niemandem über diesen Moment hinaus in Erinnerung bleiben! Die Menschen sind einfach viel zu sehr damit beschäftigt, sich über eigene Probleme und Misserfolge Gedanken zu machen, um Ihre zu bemerken. Ich begegne viel zu vielen Menschen, die sich ständig darüber Gedanken machen, was andere denken, jedoch nicht annähernd genug darüber, was sie lernen, schaffen und tun.

Charlie „Tremendous“ Jones sagt, dass zu viele Menschen „ein dünnes Fell und ein hartes Herz“ haben.

Charlie „Tremendous“ Jones sagt, dass zu viele Menschen „ein dünnes Fell und ein hartes Herz“ haben, wenn sie doch

„ein dickes Fell und ein weiches Herz" entwickeln müssten.

3. LERNEN SIE MIT RÜCKSCHLÄGEN UMZUGEHEN

Misserfolge und Fehler gehören in den Bereich „Lernen und Wachsen". Wie oft sind Sie als Kleinkind aufgestanden und hingefallen, bevor Sie gelernt haben zu gehen? Wie oft sind Sie vom Fahrrad gefallen, bevor Sie gelernt haben, richtig damit zu fahren?

Werfen Sie einmal einen Blick auf das Wachstums-Chart irgendeiner Firma. Es zeigt selten eine gerade Aufwärtslinie – aufgrund periodischer „Downs" verläuft die Linie eher gezackt. Der allgemeine Trend ist entscheidend, nicht ein oder zwei spezifische Misserfolge. Wachstum und Erfolg verlaufen selten linear.

Als ich mein Geschäft startete, war ich viele Monate lang ziemlich ineffektiv. Ich versuchte ein Team aufzubauen, meine Menschenkenntnis ließ jedoch zu wünschen übrig. Ich meinte es gut, war in Bezug auf meine Kenntnisse jedoch noch sehr „grün". Ich mochte Menschen, meine Kommunikationsfähigkeit war jedoch bescheiden. Meine Ingenieurnatur verstand es gut, mit Computern, Gleichungen und technischen Reports umzugehen, ich war jedoch übermäßig logisch und steril, wenn es um „menschliche Angelegenheiten" ging. Meine Frau Nancy sagt, dass ich mir selbst erst eine Persönlichkeit zulegen musste, nur um meine erste Präsentation durchzuführen.

Ich wurde mutlos und frustriert, als ich erkannte, dass es mir trotz all meiner harten Arbeit, Zeitopfer sowie meiner totalen Einbringung limitierter Ressourcen in das Geschäft nicht so gut ging, wie ich gehofft hatte. Eines Tages bat ich einen Freund um Rückenstärkung und Rat. Ich erzählte ihm von unseren finanziellen Herausforderungen und unserem mangelnden Fortschritt in Richtung auf unsere Ziele. Er versuchte, mir eine gewisse Perspektive aus seiner eigenen Erfahrung heraus anzubieten, doch konnte er mir keine konkreten Lösungen offerieren. Schließlich meinte er: „Kopf hoch! Es könnte schlimmer sein."

Ich versuchte, Mut zu fassen und ein fröhlicheres Verhalten an den Tag zu legen ... jedoch wurden die Dinge innerhalb weniger Wochen TATSÄCHLICH schlimmer! Eric kam zur Welt und all die Probleme aus unserer Vergangenheit erschienen harmlos im Vergleich zu seinen Gesundheitsproblemen. Wir hätten gerne die neuen Probleme gegen die alten eingetauscht.

Im Zuge der Entwicklung im Lauf der nächsten zwei Jahre kamen wir zu einer sehr sachlichen Feststellung. Wir mussten eine Linie in den Sand ziehen und sagen: „Das Vergangene ist vergangen. Die Zukunft liegt vor uns." Wir mussten wieder von vorne anfangen, und ein Neubeginn in unserem DENKEN war hier der erste Schritt.

Wir mussten langsam zu der Überzeugung gelangen, dass künftige Resultate besser sein würden als vergangene.

Wir mussten uns neue Ziele setzen und uns einige neue Taktiken zulegen.

Mit neuem Engagement und neuer Energie mussten wir uns mit der vor uns liegenden Herausforderung auseinandersetzen. Realistisch gesehen hatte sich in dem Geschäft, in dem wir waren, sowie dem geschäftlichen Umfeld, in dem wir arbeiteten, nicht viel verändert. Doch WIR hatten uns verändert. Und weil wir anders waren, waren auch die von uns erzielten Ergebnisse anders.

In den nächsten drei Jahren wuchs unser kleines Geschäft zum Zehnfachen seiner Originalgröße, mit dem Zehnfachen an Einkommen. Wir bezahlten unsere Schulden, bauten ein Team auf und kamen – ziemlich humorig – in den Ruf, „Schnellzünder" zu sein.

Es gibt zahllose Menschen, die in relativer Anonymität gelebt, gearbeitet oder etwas geleistet haben, bevor sie sich zu „Erfolgsmenschen über Nacht" entwickelten. Es gibt zahllose Menschen, die wiederholt scheiterten, bevor sie plötzlich wie „aus dem Nichts" in Erscheinung traten. Sie können dazu gehören!

Es gibt zahllose Menschen, die wiederholt scheiterten, bevor sie plötzlich wie „aus dem Nichts" in Erscheinung traten.

Haben Sie jemals die Geschichte vom chinesischen Bambusbaum gehört? Er entwickelt sich ziemlich einzigartig. Wenn er gepflanzt ist und Wurzeln schlägt, dann muss ein Bauer diesen Baum fünf bis sechs Jahre lang mit Wasser und Dünger versorgen, ohne dass ein Anzeichen von Wachstum sichtbar wird! Schließlich passiert etwas Erstaunliches. Der Baum fängt plötzlich an zu wachsen und innerhalb von sechs Wochen oder so kann er rund 25 m hoch werden!

Was tut sich denn nun innerhalb besagter fünf bis sechs Jahre? Der Bambusbaum entwickelt ganz, ganz tiefe

Wurzeln, die in der Lage sind, den plötzlichen Wachstumsschub zu stützen, der sich über der Bodenoberfläche abspielt.

Das ist genau das, was uns widerfahren ist. Wir mussten uns innerlich verändern – im unsichtbaren Reich unserer persönlichen Einstellungen, Vorstellungen, Perspektiven, Überzeugungen und Vorgehensweisen.

Machen Sie sich von den Banden des „Nicht-Machbaren" frei

Es liegt enorme Kraft in dem, was Sie glauben. Sie haben vielleicht von Henry Fords Meinung gehört:

Sind Sie der Überzeugung, erfolgreich sein zu können ... dann haben Sie Recht.

Sind Sie der Überzeugung, nicht erfolgreich sein zu können ... dann haben Sie ebenfalls Recht.

Alles, was wir tun, wird letzten Endes durch das angetrieben, woran wir glauben. Die Herausforderung heißt, unsere Überzeugungen auf Wahrheit, nicht auf Emotionen, Ängste oder inkorrekte Beobachtungen zu gründen. Der Fisch in dem Aquarium kam zu einer Überzeugung, die auf einer inkorrekten Betrachtungsweise der Realität beruhte. Das passiert vielen Menschen.

Es passiert auch einigen Zirkuselefanten. Man erzählt von Vorfällen, bei denen Zirkuselefanten in Bränden starben, weil sie nicht versuchten, sich von ganz dünnen Stricken zu befreien, mit denen sie an ganz kleinen Pflöcken im Boden festgebunden waren. Warum? Als die Elefanten noch sehr jung waren, banden die Dompteure sie mit sehr dicken Stricken und großen Pflöcken fest. Sie „lernten", dass es unmöglich war, sich zu befreien. Sie kamen zu dem Punkt, das Gefühl eines dünnen Stricks um den Fuß mit etwas Nicht-Machbaren zu assoziieren. Sie verweigerten sogar den Versuch, sich davon zu machen oder die Pflöcke aus dem Boden zu ziehen – selbst dann, als Seile und Pflöcke im Vergleich zu ihrer Größe kleiner und kleiner wurden.

Kennen Sie die „Bande des Nicht-Machbaren", die Sie davon abhalten, sich auf Ihr Ziel hinzubewegen? Handelt es sich um:

- Falsche Überzeugungen?
- Unrichtige Vermutungen?
- Unvollständige Schlussfolgerungen?
- Gelähmte Emotionen?
- Einstellungen der Mutlosigkeit und Verzweiflung?

Der Fisch hatte kein Futter, weil er davon ausging, es sei unmöglich, zu den Elritzen zu gelangen. Die Elefanten flüchteten nicht, weil sie dachten, es sei unmöglich, sich von den Stricken zu befreien, mit denen sie angebunden waren.

Gut zu wissen, dass Sie kein Fisch oder Elefant sind! Sie können denken ... Sie können vernünftig urteilen ... Sie können sich ändern ... Sie können Ihre Ängste überwinden ... Sie können sich eine neue Einstellung zulegen ... Sie können beginnen, an etwas zu glauben und einen neuen Versuch starten! Sie müssen sich von „Nicht-Machbarem", das lediglich in dem wurzelt, was Sie glauben, nicht hemmen oder einschüchtern lassen.

Ihre Vergangenheit muss nicht zwangsläufig auch Ihre Zukunft sein.

Führungsqualitäten und menschliche Leistung erfordern die Überzeugung, dass sich stets eine neue Chance bietet, und zwar trotz vergangener Enttäuschungen oder aktueller Begleitumstände.

Ihre Vergangenheit muss nicht zwangsläufig auch Ihre Zukunft sein.

Lassen Sie das Dringende nicht lauter zu Worte kommen als das Wichtige.

9 DIE DREI-DOLLAR-GLÜHBIRNE

Gegen Mitternacht am 29. Dezember 1972 war der Eastern-Airlines-Flug 401 auf seinem üblichen Anflug auf den Flughafen von Miami. An Bord befanden sich 163 Passagiere sowie eine dreizehnköpfige Crew. Der Anflug schien normal zu verlaufen, bis der Pilot versuchte, das Fahrwerk auszufahren. Ein Kontrolllicht, das das erfolgreiche Ausfahren des Fahrwerks signalisiert, leuchtete nicht auf! Da die Anflugroute direkt über den Florida-Everglades verlief, gab es noch nicht einmal den Schimmer eines Lichts von außen, um visuell zu prüfen, ob das Fahrwerk nun ein- oder ausgefahren war.

Es galt eine schnelle Entscheidung zu treffen. Ohne die Bestätigung eines ausgefahrenen und gesicherten Fahrwerks konnte die Landung zum Desaster werden. Der Flugkapitän ersuchte um die Genehmigung für eine „Flugschleife“, die ihm Zeit für eine manuelle Regulierung einräumte.

Der Pilot und seine Crew wussten, dass es zwei mögliche Gründe gab, warum die Kontrollleuchte nicht angegangen war. Einer hieß, dass das Fahrwerk tatsächlich nicht ausgefahren und gesichert war. Der andere war, dass die Glühbirne durchgebrannt war. Die Piloten fingen an zu diskutieren und klopften und wackelten sogar an der Kontrollleuchte, um zu sehen, ob sie anging ... aber sie hatten kein Glück. Sie beschlossen, die Birne zu ersetzen, um herauszufinden, ob das des Rätsels Lösung war. Da sie derart darauf konzentriert waren, die defekte Birne zu ersetzen, wurde der Autopilot versehentlich deaktiviert, womit die Maschine auf manuellen Betrieb geschaltet war. Niemand bemerkte, dass das Flugzeug an Höhe verlor. Plötzlich ging Flug 401 mit einer Bruchlandung in den Everglades zu Boden, dreißig Kilometer vom Flughafen Miami entfernt!

Jeder im Cockpit hatte sich auf eine Drei-Dollar-Glühbirne konzentriert ... niemand dachte daran, das Flugzeug zu fliegen!

In besagter Nacht kamen 96 Passagiere und fünf Crew-Mitglieder ums Leben, weil die Piloten einfach ihre Priorität aus den Augen verloren hatten. Sie waren durch das Dringende abgelenkt und vergaßen das Wichtige!

Wir sehen uns selten mit derart dramatischen Konsequenzen konfrontiert, wenn wir unsere Prioritäten aus den Augen verloren haben, doch wir alle müssen uns nachsagen lassen, dass wir uns manchmal so sehr mit dem beschäftigen, was dringend ist – der aktuellen Krise – dass wir vergessen, wo unsere wirklichen Prioritäten liegen.

Weniger dramatisch ...

Vor einiger Zeit haben Nancy und ich mit Ashley-Kate, unserer perfekten kleinen Enkelin, und ihrer Mutter, unserer Tochter Heather, Disney World besucht. Für mich hatte an diesem Tag Priorität, Ashley-Kate tolle, fröhliche Erfahrungen und gute Erinnerungen an ihren Großvater mitzugeben.

Ashley-Kate war damals erst drei Jahre alt, also sahen wir uns nach den Fahrgeschäften und Attraktionen um, die für sie am geeignetsten sein würden – mit Sicherheit nicht Space Mountain! Wir einigten uns schließlich auf eine Fahrt, die sich „Buzz Lightyear", nannte und auf einer Figur aus den *Toy Story*-Filmen basierte.

Dieses spezielle Fahrgeschäft hat Wagen, die mit „Strahlenkanonen" ausgerüstet sind, im Design ähnlich derjenigen, die von Buzz Lightyear benutzt wird. Ich stieg mit Ashley-Kate in einen Wagen und Nancy und Heather setzten sich in den Wagen direkt hinter uns. Und schon ging's los in unser finsteres Abenteuer. Die Wände, die wir passierten, waren voll von bunten Ziele und allen Arten an lustigen Geschöpfen, auf die wir schießen konnten. Ein Treffer-Ergebnis erschien auf unserem digitalen Armaturenbrett, um anzuzeigen, wie viele Ziele wir getroffen hatten. Männer scheinen immer liebend gerne auf irgendetwas zu schießen, und ich war sofort ganz Feuer und Flamme!

Plötzlich hielt unser kleiner Wagen an. Ich habe keine Ahnung warum, doch plötzlich bewegten wir uns nicht mehr. Wir waren jedoch nach wie vor in der Lage, den Wagen zu drehen und unsere Strahlenkanone auf Ziele abzufeuern.

Und genau das taten wir! Ich zeigte Ashley-Kate, wie der Wagen zu drehen war, während ich auf die Ziele schoss. Wir lachten und hatten unseren Spaß. Nancy und Heather machten hinter uns das Gleiche, und wir riefen einander unsere registrierten Treffer zu. Nancy und Heather schlugen mich haushoch – *oh je*! Mein Wettbewerbsdenken geriet in Wallung. Ich begann, mich mehr anzustrengen.

Zum gleichen Zeitpunkt faszinierte es Ashley-Kate immer mehr, wie schnell sie den kleinen Wagen wieder und wieder um sich selbst drehen konnte. Je mehr ich versuchte, die Ziele zu treffen, desto mehr setzte sie den Wagen in Bewegung ... was für mich hieß, die Ziele umso häufiger zu verfehlen! Nancy erzielte ein immer höheres Ergebnis, und ich wurde immer mehr zum Rivalen.

Gerade als ich kurz davor war, meiner süßen Enkelin zu erklären, das Herumwirbeln des Wagens einzustellen – kam ich wieder zu mir. Was in aller Welt war denn in mich gefahren? Hier handelte es sich nicht um einen Wettkampf zwischen mir und Nancy. Dies sollte ein Spaß für Ashley-Kate sein, und für sie WAR das Herumwirbeln des Wagens ein Spaß! Ich hatte kurzzeitig meine Priorität aus den Augen verloren, warum ich in erster Linie in Disney World war. Ich begann über mich selbst zu lachen, und genau da bewegte sich unser Wagen wieder vorwärts und wir flogen durch die Tunnel. Ich verlor bei den Treffern gegen den Wagen hinter mir ... *großartig*. Doch meine Prioritäten litten keinen Schaden. Das Foto von Ashley-Kate und mir – das man auf dem Weg nach draußen für einen horrenden Zusatzbetrag erwerben konnte – zeigte uns glücklich! Das Lachen auf dem

Gesicht von Ashley-Kate war jeden Betrag wert. Ich war bereit, die Fahrt zu wiederholen.

Um was es hier geht? Sorgen Sie dafür, dass die Hauptsache auch immer die HAUPTSACHE bleibt!

Ablenkungen und nochmals Ablenkungen

Was bringt uns denn nun dazu, uns von unseren Hauptprioritäten ablenken zu lassen? Manchmal sind es unsere Emotionen, speziell Angst, Ärger oder Stolz. Manchmal überkommt uns eine Welle von Habgier oder Missgunst. Manchmal verlieren wir unseren korrekten Fokus. Und manchmal misslingt es, uns über einige der von uns als wahr erkannten Grundprinzipien im Klaren zu sein oder uns nach ihnen zu richten. Ich darf Sie an zwei dieser Prinzipien erinnern:

1. **Sie müssen erst einmal selbst erfolgreich sein, bevor Sie anderen Menschen wirklich helfen können.** Ich fliege geschäftlich und privat ziemlich viel und kenne fast alle Airline-Ansagen vor dem Flug auswendig. Eine dieser Ansagen bezieht sich auf den Gebrauch der Sauerstoffmasken. Ich bin mir sicher, dass Sie die folgende oder eine ähnliche bereits gehört haben: „Sollte es – was unwahrscheinlich ist – zu einem Druckausfall in der Kabine kommen, dann fällt die Sauerstoffmaske herunter. Ziehen Sie sie bitte über Ihr Gesicht, dann reißen Sie an dem Band über Ihrem Kopf und atmen ganz normal. Auch wenn sich der Sack nicht aufbläht, so fließt doch Sauerstoff. Reisen Sie mit einem Kind,

dann legen Sie immer zuerst Ihre eigene Maske an und helfen Sie dann dem Kind.“

Diese Ansage mag zunächst egoistisch erscheinen, der Punkt ist jedoch folgender: Sie können einen Ihnen nahe stehenden Menschen nicht retten oder ihm helfen, wenn Sie selbst nicht bei Sinnen sind! Ihre Priorität heißt, am Leben zu bleiben und stark genug zu sein, um anderen Menschen zu helfen. Zuerst Ihre eigene Sauerstoffmaske anzulegen ist nicht selbstsüchtig ... es ist smart. Schlussendlich ist damit sowohl Ihnen als auch Ihrem Kind besser gedient.

Manchmal werden Top-Erfolgsmenschen als zu selbstsüchtig oder zu ehrgeizig kritisiert. Der tiefere Sinn dahinter soll offenbar der sein: Wenn die Betreffenden ihre eigene Erfolgsrate verringern, dann sind andere eher in der Lage, Erfolg zu haben. Das ist aber selten der Fall! Eines steht nämlich fest: Es gibt keinen „limitierten Kuchen“, den es aufzuteilen gilt. Der Erfolg eines Menschen wird nicht von den Möglichkeiten eines anderen Menschen subtrahiert.

Zuerst Ihre eigene Sauerstoffmaske anzulegen ist nicht selbstsüchtig ... es ist smart. Schlussendlich ist damit sowohl Ihnen als auch Ihrem Kind besser gedient.

Und noch etwas: Es sind die Erfolgreichen, die Unternehmer und die ambitioniert Risikofreudigen, die all die übrigen Jobs schaffen! Sie sind diejenigen, die genau jene Menschen schützen und ihnen nützen, die ihren Erfolg kritisieren. Sie sind in der Lage, sich selbst zu helfen, damit sie anderen helfen können.

2. **Man muss seine Prioritäten klar definieren, bevor man sie erfolgreich verfolgen kann.** Selbst die erfolgreichsten Menschen scheitern manchmal daran, sich an ihre eigenen Prioritäten zu erinnern. Es ist erstaunlich, wie schnell wir das aus den Augen verlieren können, was unserer festen Überzeugung nach am meisten bedeutet. Manchmal verlieren wir tatsächlich die Notwendigkeit aus den Augen, Prioritäten auszubalancieren.

   Betrachten Sie heute einmal die Prioritäten IHRES Lebens. Halten Sie sie schriftlich fest. Stellen Sie sich zwei Fragen, während Sie einen langen, intensiven Blick auf Ihre persönliche Liste „Die wichtigsten Dinge" werfen:

   - Sind diese Prioritäten mir WIRKLICH am wichtigsten?
   - Sind meine Prioritäten ausgeglichen?

Drei Prioritätsbereiche

Prioritäten haben die Tendenz, sich in drei Gruppen zusammenzufinden: der spirituelle Bereich, der Privat- und Familienbereich sowie der Geschäfts- und Berufsbereich.

1. DER SPIRITUELLE BEREICH

Dies ist für jeden Menschen ein sehr privater Bereich. Ich persönlich bin der Überzeugung, dass wir in erster Linie spirituelle und erst in zweiter Linie physische Wesen sind. Ich glaube, dass es für jedes Leben einen einzigartigen Plan gibt, und ich bin meinerseits ganz fest entschlossen, mich an diesen Plan zu halten und die in mich gesetzte Intention zu erfüllen. Die Bibel sagt, dass wir Gott mit unserem ganzen Herzen, unserer ganzen Seele und mit ganzer Kraft lieben sollen ... und unseren Nächsten wie uns selbst lieben sollen.[3] Das scheint mir eine ziemlich gute Basis für Prioritäten zu sein. Die Bibel sagt auch Folgendes: „Ihr sollt euch nicht Schätze sammeln auf Erden, wo sie die Motten und der Rost fressen und wo die Diebe einbrechen und stehlen. Sammelt euch aber Schätze im Himmel, wo sie weder Motten noch Rost fressen und wo die Diebe nicht einbrechen und stehlen. Denn wo dein Schatz ist, da ist auch dein Herz."[4] Nochmals, das leuchtet mir ein und mein Glaube an dieses Konzept wirkt sich auf meine Prioritäten aus. Was mich betrifft, so handelt es sich bei meinen ultimativen Prioritäten um spirituelle Prioritäten, die in Einklang mit dem stehen, was nach meinem Verständnis Plan und Ziel meines Schöpfers für mich ist.

Je länger ich lebe, desto mehr bin ich davon überzeugt. Ich habe erkannt, dass ich enormen Frieden und immenses Glück in meinem Leben erfahre, wenn meine spirituellen Prioritäten für mich vorrangig sind und mit obiger Aussage übereinstimmen.

Bedeutet dies nun, dass ich finanzielle und physische Bereiche und ihre positiven Aspekte als schlecht erachte? Nein. Ich erinnere mich nur schlicht und einfach selbst daran, mich als ERSTES um die Etablierung spiritueller Prioritäten zu kümmern, der Rest scheint sich dann von selbst zu ergeben. Ich glaube, dass Gott jene segnet, deren Prioritäten in Ordnung sind.

2. PERSÖNLICHE UND FAMILIÄRE PRIORITÄTEN

Dieser Bereich umfasst Ihre individuelle Gesundheit, Ihre persönlichen Ziele sowie auch Ihre Familienbande. Es wäre von uns sehr unklug, materiellen Erfolg entweder auf Kosten unserer Gesundheit oder unserer Familienbande anzustreben.

Ich bin der festen Überzeugung, dass ein Mensch auch genügend Ruhephasen haben muss, um bei wachem Verstand zu bleiben und Krankheit zu bekämpfen, die richtige Ernährung zu sich nehmen und sich körperlich betätigen muss, sowie ein wenig Freiraum für Entspannung und Erholung im Terminkalender einzuplanen hat.

Ich bin fest davon überzeugt, dass in Ihrem Leben ein bisschen „Spielraum" übrig bleiben muss. Können Sie sich vorstellen, wie der Versuch ausfallen würde, ein Buch oder Magazin zu lesen, wenn die Worte von ganz oben auf einer Seite bis zum unteren Rand und von ganz links bis ganz nach rechts laufen würden? Stellen Sie sich vor, keine Bilder, kein Leerraum, keine Erholung für die Augen. Da ist die Rede von Überanstrengung der Augen! Da ist die Rede von Schwierigkeiten beim Lesen und einer Reduzierung des Verständnisses! So schaut meiner Meinung nach das Leben aus, wenn jede Minute des Lebens voll verplant ist. Wir brauchen Raum in unserem Leben, um zu träumen ... um zu denken ... um uns einfach der Fülle einer guten Erfahrung zu erfreuen.

Ihre Kinder und Ihr Ehepartner brauchen Zeit mit Ihnen, nur um mit Ihnen ZUSAMMEN ZU SEIN. Sind Sie nicht verheiratet, dann ist Ihnen klar, dass Sie Zeit mit engen Freunden verbringen müssen, um eine „menschliche Balance" zu den Anforderungen Ihres Lebens zu schaffen. Haben Sie Kinder, dann wissen Sie, dass sie Zeit damit zubringen müssen, Sie als Menschen kennen zu lernen, nicht nur als Versorger und Ernährer.

3. PRIORITÄTEN DES GESCHÄFTS- UND BERUFSLEBENS

Hier haben wir es mit einem Bereich zu tun, in dem wir Zeit, Energie und Ressourcen sehr straff managen müssen. Ablenkungen sind hundertprozentig vorprogrammiert! Mindestens vier verschiedenartige Aktivitäten werden um Ihre Aufmerksamkeit wetteifern:

- Nicht dringend und unwichtig
- Nicht dringend, aber wichtig
- Dringend, aber unwichtig
- Dringend und wichtig

Ihr Ziel heißt natürlich, diejenigen Dinge, die WICHTIG sind, als Ihre Top-Priorität zu handhaben.

Betrachten Sie einmal die ganze Bandbreite der Aktivitäten, mit denen Sie sich jeden x-beliebigen Tag konfrontiert sehen:

- Entwicklung von Neugeschäft (Interessenten-Akquise, Organisationsarbeit, persönliche Weiterempfehlungen, Nachfassen aufgrund von Kommunikation)
- Dienst an bestehenden Kunden und Mitarbeitern, wozu auch das Schreiben von Dankeszeilen gehört

- Lesen und Beantworten von E-Mail, Voice-Mail sowie Briefpost
- Lesen und Recherche
- Verfassen von Memos, Berichten, Reden, Vorschlägen und „Spielplänen“
- Meetings und Termine
- Weiterbildende oder inspirierende Kassetten anhören
- Anderen Menschen Mentor und Coach sein
- Sich um administrative und finanzielle Dinge kümmern
- Lösen von Problemen oder Konflikten

Jede dieser Anforderungen ist dem Dringend-oder-wichtig-Test zu unterziehen. Was mich betrifft, so gehören zu meinen zwei Top-Prioritäten jene Aktivitäten, die in Verbindung mit der Geschäftsexpansion sowie dem Dienst an jenen Menschen stehen, die von mir abhängig sind. Ich habe festgestellt, dass jemand Stunden damit verbringen kann, sich mit E-Mails, Teilnahme an Meetings und dem Hin- und Herschieben von Papier zu beschäftigen ... und nichts an Gegenwert für seine Anstrengungen vorzuweisen hat. Ein Mensch kann sich derart vom „Administrativen“ fesseln lassen, dass er vergisst, das Flugzeug zu fliegen!

In den meisten geschäftlichen Unternehmungen muss es eine gewisse Anzahl an Neuzugängen oder Umsätzen geben, nur um das Niveau zu halten, mal ganz zu schweigen von einer Geschäftsexpansion. Ist der Service beim bestehenden Geschäft nicht gut, dann können Sie davon ausgehen, selbst gute Kunden zu verlieren. Parallel dazu muss sich ein

Manager oder Unternehmer fast immer in Bezug auf aktuelle Fakten, Zahlen und Trends auf dem Laufenden halten ... er muss Zeit mit seinesgleichen verbringen ... sowie sich mit den Details des „Papierkriegs" beschäftigen. Hier die Balance zu finden, ist eine sehr persönliche Herausforderung, und zwar unabhängig von Ihrem Geschäft oder Ihrer Position. Als krönenden Abschluss müssen Sie dann zu einer Ausgewogenheit finden, die es Ihnen immer noch erlaubt, Ihren spirituellen und persönlichen/familiären Prioritäten nachzukommen!

Erinnern Sie sich stets daran ...

Schlussendlich müssen Sie sich nicht nur Prioritäten setzen, Sie müssen diese Prioritäten auch ausleben. Um das zu bewerkstelligen, wird Ihnen die Erledigung folgender drei Dinge wahrscheinlich eine große Hilfe sein:

- Lesen Sie Ihre Liste der Top-Prioritäten jeden Tag durch. Verankern Sie sie fest in Ihrer Einstellung. Nehmen Sie sie in Ihren TÄGLICHEN Terminplan auf.
- Kommen Sie mit Ihren Familienmitgliedern, speziell Ihrem Lebenspartner, zu einer Übereinstimmung in puncto Familienziele. Stimmen Sie sich mit Ihrem Arzt oder Fitnesstrainer über Ihre persönlichen Gesundheits- und Fitnessziele ab. Suchen Sie mit Arbeitskollegen oder Partnern Übereinstimmung in Bezug auf Arbeitsziele. Je mehr Übereinstimmung Sie über Ihre Lebensziele erzielen können, desto leichter ist es für Sie, Ihre Prioritäten beizubehalten.

- Besorgen Sie sich einen Mentor, einen Coach oder einen Partner, dem gegenüber Sie gewissermaßen verantwortlich sind. Dabei könnte es sich um jeweils unterschiedliche Personen für die drei Hauptbereiche Ihres Lebens handeln, oder aber es kann eine Person sein, die das ganze Spektrum Ihres Lebens kennt. Ich rate dringend, dass es NICHT Ihr Lebenspartner ist, sondern lieber ein Freund Ihres Vertrauens, der älter und weiser und Ihnen auf dem Weg, den Sie gehen, bereits ein Stückchen voraus ist. Stimmen Sie sich mit besagter Person regelmäßig ab. Hören Sie auf ihren Rat und schenken Sie ihm Beachtung.

Und schließlich: Treffen Sie die Entscheidung, Ihre Zeit und Ihre Prioritäten lieber selbst zu managen, statt sie von anderen für Sie managen zu lassen. Beschließen Sie, lieber Ihre eigene Agenda aufzustellen, statt in den Sog einer endlosen Tretmühle von „Krisenmanagement“ zu geraten. Weigern Sie sich entschlossen, das Wichtige zugunsten des Dringenden zu opfern.

Die richtigen Aktionen zur richtigen Zeit.

10

DER ALLIGATOR

Sie sind vielleicht nicht der Meinung, dass ein Alligator Sie irgendetwas lehren kann in puncto Timing, Sensibilität oder Raffinesse. Richten Sie sich schon mal darauf ein, hier eine Korrektur Ihrer Denkweise vorzunehmen!

Anders als die meisten Reptilien hat der weibliche Alligator seine Fortpflanzungsaufgaben mit dem Moment, in dem sie die Eier legt, nicht beendet. Die wirkliche Arbeit ihres Lebens hat gerade erst begonnen. In einem typischen Nest liegen so um die zwanzig Eier. Nachdem sie sie gelegt hat, bedeckt Mutter Alligator die Eier mit losem Material, um sie warm zu halten. Dann gleitet sie ins Wasser zurück und bleibt ganz in der Nähe ihres Nestes, um es zu beobachten und vor Nesträubern zu beschützen. Je nach Bedarf repariert sie es von Zeit zu Zeit, und sie kann sich ausgesprochen angriffslustig zeigen, wenn irgendetwas oder irgendjemand die Sicherheit ihrer Eier bedroht.

Einige Wochen, nachdem sie ihre Eier gelegt hat, kehrt Mutter Alligator zum Nest zurück, zieht das schützende Deckmaterial auseinander und trifft Vorkehrungen, ihre Jungen aus den Eierschalen zu befreien, indem sie sich einem Ei nach dem anderen zuwendet.

Wie weiß sie, wann es soweit ist? Sie befragt die Eier!

In den Tagen, die ausschlaggebend für den Geburtszeitrahmen sind, kehrt Mutter Alligator in regelmäßigen Abständen zurück, deckt ein Ei auf, legt ihren Kopf daran und gibt einen leisen, grunzenden Laut von sich. „Antwortet" ihr das Ei, dann weiß sie, die Zeit zum Schlüpfen ist gekommen. Kommt keine „Antwort", dann kehrt sie ins Wasser zurück und versucht es später wieder. Das Timing ist entscheidend!

Deckt Mutter Alligator ihr Nest zu früh auf, dann verlieren die Eier ihre Wärme und ihren Schutz und schlüpfen vielleicht gar nicht. Kommt sie zu spät, dann haben die kleinen Alligatoren sich vielleicht selbst befreit, doch die lastende Menge an Vegetation, die das Nest bedeckt, könnte sie vielleicht ersticken. Sollen sie eine Lebenschance haben, dann müssen die Baby-Alligatoren exakt zur richtigen Zeit und auf die richtige Art und Weise freigesetzt werden.

Ich weiß nicht genau, wie Alligatoren-Mütter es gelernt haben, mit ihren Jungen umzugehen, vermute jedoch, dass sie es über die Jahrhunderte hinweg auf die harte Art erlernten – indem sie Fehler gemacht und viele Alligatoren-Babys verloren haben.

In Ihrem Geschäft möchten Sie keine guten Partner, guten Mitarbeiter oder guten Kunden, Patienten oder Klienten verlieren! Deshalb müssen sich gute Führungskräfte unter dem Aspekt Erfolg stets mit zwei Schlüsselfaktoren beschäftigen:

- Konzentriertes Zuhören
- Richtiges Timing

Lernen Sie, genau zuzuhören

Die meisten Menschen, die wir als Führungskräfte oder Erfolgsmenschen kennen, sind Menschen, die gerne reden, immer etwas zu sagen haben und sich in einer Position befinden, in der sie ihren Mitmenschen sagen müssen, was zu tun ist, zumindest bis zu einem gewissen Ausmaß. Neue oder potenzielle Führungskräfte betrachten jedoch „Zuhören" selten als einen wichtigen Teil ihrer Rolle.

Sie haben wahrscheinlich die folgende Aussage bereits gehört oder sind zumindest mit der Idee vertraut: „Besser den Mund halten und möglicherweise als Dummkopf angesehen werden, als den Mund aufzumachen und damit jeglichen Zweifel auszuräumen." Da steckt viel Wahres in diesen Worten! Zuhören gibt einer Führungskraft die Chance:

- Anderen die Möglichkeit zu geben, Sie mit wichtigen Daten oder Informationen zu versorgen.
- Anderen die Möglichkeit zu geben, Emotionen zu ventilieren, die sich vielleicht auf das Arbeitsklima und die allgemeine Moral auswirken.

- Anderen die Möglichkeit zu geben, kreative oder neue Ideen und Einsichten zum Ausdruck zu bringen.

Zuhören ist von immensem Wert!

„Zeigen Sie ernsthaftes Interesse an anderen Menschen, dann können Sie in zwei Wochen mehr Freunde gewinnen als in zwei Jahren, in denen Sie versuchen, andere Menschen für sich zu interessieren."
– DALE CARNEGIE

Ich erinnere mich noch gut daran, als ich das erste Mal Dale Carnegies Buch *How to Win Friends and Influence People* (dt. Titel: Wie man Freunde gewinnt – die Kunst, beliebt und einflussreich zu werden) gelesen habe. Er traf eine Aussage, die für mich als Ingenieur, der versuchte zum Unternehmer in einem verkaufsorientierten Geschäft zu werden, ausgesprochen erfrischend war. Um Erfolg zu haben, musste ich meiner Meinung nach zum besten „Redner" werden, den ich kannte. Carnegie erklärte jedoch: „Zeigen Sie ernsthaftes Interesse an anderen Menschen, dann können Sie in zwei Wochen mehr Freunde gewinnen als in zwei Jahren, in denen Sie versuchen, andere Menschen für sich zu interessieren." Ich stellte sofort sämtliche Versuche ein, „interessant" zu sein und wendete mich Möglichkeiten zu, in denen ich vielleicht zeigen könnte, wirklich „interessiert" zu sein. ZUHÖREN war meiner Schlussfolgerung nach der Schlüssel, um Interesse an anderen Menschen zu bekunden.

Jedes Mal, wenn Sie dahingehend Einfluss auf einen anderen Menschen zu nehmen versuchen, dass er Ihr Produkt oder Ihre Dienstleistung kauft, dann sind Sie gut beraten, wenn Sie ZUNÄCHST einmal:

- Sich soviel an Informationen wie Sie nur können in Bezug auf die Belange oder Wünsche des Kunden verschaffen.
- Sich Einblicke in die Ängste oder Zweifel des Kunden verschaffen.
- Sich über Möglichkeiten klar werden, wie Sie dem Kunden wirklich helfen können.
- Sich Einblicke in die ultimativen Lebensziele und -wünsche des Kunden verschaffen.

Fragen zu stellen und mir die Antworten sehr genau anzuhören, ist für mich der einzige Weg, um an diese Informationen heranzukommen!

Heute verbringe ich in meinem Geschäft viel Zeit und Mühe damit, Menschen bei der Festsetzung von Zielen sowie bei der Entwicklung von Geschäftsplänen zur Realisierung ihrer Ziele zu helfen. In vielerlei Hinsicht übe ich die Funktion eines Coachs oder Beraters aus. Niemand ist verpflichtet, mir zuzuhören oder meinem Rat entsprechend zu agieren – das trifft buchstäblich auf jede Lehrer-Schüler, Führungskraft-Geführter oder Coach-Spieler Verbindung zu. Damit jemand meinen Rat akzeptiert, muss besagte Person meinen Rat – das ist mir klar – wahrnehmen als:

- Hilfestellung, damit sie ihr Ziel erreicht.
- Zutreffend und relevant in Bezug auf ihr Leben und ihre Belange.
- Bindeglied zu etwas, was sie wirklich WILL, und zwar bis zu dem Grad, dass sie bereit ist, einiges an Arbeit zu leisten oder einige Anstrengungen zu

unternehmen, um auch zu verwirklichen, was sie will.

Einen Rat zu geben, der als wertvoll und machbar VERSTANDEN wird, ist der einzige Weg, über den ich als Coach oder Berater wirklich effizient sein kann. Um nun einen derartigen Rat geben zu können, muss ich gute Fragen stellen und mir die Antworten aufmerksam anhören!

Interviewt eine Führungskraft einen Interessenten dahingehend, sich ihm als Mitarbeiter oder Partner anzuschließen, dann muss er sich sehr eingehend damit beschäftigen, was besagter Gesprächspartner im Leben erreichen will ... was er bereit ist, in das Unternehmen einzubringen ... was er sich von dem Unternehmen erwartet ... und wie besagter Interessent das betreffende Produkt oder die Dienstleistung einschätzt. Eine Führungskraft muss „das Ei befragen", bevor sie den nächsten Schritt in Richtung Anwerbung oder Eingehen einer vertraglichen Vereinbarung mit dem Interessenten unternimmt. Ein Interview muss in erster Linie aus Zuhören bestehen, nicht daraus, dem künftigen Geschäftspartner all die Gründe aufzuzählen, aus denen er oder sie zum Geschäftspartner werden sollte.

Nochmals ... baue ich ein Geschäft auf, kann ich nur dann effizient sein, wenn ich gute Fragen stelle und mir die Antworten genau anhöre!

Von Zeit zu Zeit stelle ich in einem Gespräch oder Interview die Frage: „Ausgehend von der Information, die Sie jetzt haben (oder ausgehend von dem, was Sie mir gerade erzählt haben), wie groß ist da Ihr Interesse, mehr zu erfahren?" Oder ich könnte auch fragen „Auf einer Skala von eins bis zehn, wobei zehn heißt: ‚Ich bin bereit, jetzt eine Entscheidung zu treffen', und eins: ‚Ich habe keinerlei Interesse', wo stehen Sie da momentan?"

Nennt mir besagte Person eine Zahl irgendwo zwischen eins und zehn, was fast immer der Fall ist, dann könnte ich fragen. „Was kann ich Ihnen noch an Informationen geben, um Sie der Zehn näher zu bringen?"

Diese Praxis vermittelt eine starke Botschaft: „Ich möchte von Ihnen hören" ... „Ich möchte Ihre Zeit nicht verschwenden" ... „Ich möchte Ihre Grenzen nicht überschreiten." Die Person an anderen Ende des Tisches weiß fast immer meine Bereitschaft zu schätzen, mir eher das anzuhören „worauf sie hinaus will", statt ohne Punkt und Komma entsprechend meiner eigenen Agenda und Verkaufs-„Platte" zu reden.

DIE BOTSCHAFT HINTER DER BOTSCHAFT

Je mehr Sie Ihre Zuhörfähigkeiten praktizieren, desto mehr werden Sie unter anderem auch entdecken, dass es fast immer eine Botschaft hinter der Botschaft gibt. Menschen zögern manchmal, wahre Gefühle zum Ausdruck zu bringen, und zwar aus der Angst heraus, dass Sie ihre Gefühle benutzen wollen, um sie zu manipulieren. Andere wiederum wollen wahre Gefühle nicht ausdrücken, weil sie Sie nicht beleidigen oder verletzen wollen. Hören Sie genau zu, was Ihnen jemand erzählt und auch, was er Ihnen nicht erzählt. Die meisten Menschen wollen überzeugt, nicht überredet werden. Sie wollen dahin geführt werden, eine gute Entscheidung zu treffen, und nicht zu einer Entscheidung gedrängt oder „verdonnert" werden. Reagieren Sie sensibel auf Signale, die Ihnen sagen, dass Ihr Gegenüber bereit ist, „ausgebrütet" zu werden oder aber noch ein Weilchen in Ruhe gelassen werden muss.

Präzision im Timing

Wir sind Menschen und eine Kultur „in Eile" und stehen doch allzu oft, wenn wir zum Verkaufsabschluss drängen ... schnell eine Entscheidung herbeiführen wollen ... oder beharrlich Druck ausüben, um zu einer Übereinkunft zu kommen ... am Ende mit nichts da. Am anderen Ende des Spektrums finden wir jene, die derart Angst davor haben, ein „Nein" zu hören, dass sie niemals die Frage stellen!

Zu sehr zu insistieren kann auf verspielte Kontakte und verschwendete Zeit hinauslaufen.

Zu sehr zu zögern kann in Lähmung, Zaudern und keinen Ergebnissen resultieren.

Die Übereifrigen werden oft wahrgenommen als aggressiv, rüde, unsensibel, eigennützig und in keiner Weise an einem Win-Win-Ergebnis interessiert. Neigen Sie dazu, sich energisch für eine Antwort oder ein Engagement einzusetzen, dann sind Sie wahrscheinlich gut beraten, sich ein wenig zurückzunehmen und mehr darauf hinzuarbeiten, eine Beziehung zu dem jeweiligen Menschen aufzubauen.

Die Zauderer werden oft wahrgenommen als unsicher, inkompetent oder lasch. Neigen Sie dazu, zu zaudern oder darauf zu warten, dass der andere die Initiative ergreift, dann sind Sie wahrscheinlich gut beraten, sich mit Faktoren wie

Angst, mangelnde Überzeugung oder fehlende Leidenschaft in Ihrem eigenen Leben zu befassen. Seien Sie bestrebt, das herauszufinden, was Sie davon abhält, definitive Entscheidungen zu treffen oder ein Projekt zum Abschluss zu bringen. Seien Sie sich bewusst, dass Menschen durch ein „Versäumnis“ zu Schaden kommen können, wenn Sie es unterlassen, die Betreffenden auf ein Produkt, eine Dienstleistung oder ein Engagement hinzuweisen, das zu ihrem potenziellen Vorteil gereicht.

Die Herausforderung für Sie heißt natürlich, eine auf jede Beziehung, jede Unterhaltung, jedes Verkaufsgespräch, jede Präsentation oder jedes Interview zutreffende Ausgewogenheit zu finden.

Dass Einfluss sich erst dann einstellt, nachdem sich Vertrauen etabliert hat, ist eines der Dinge, die ich im Laufe der Jahre gelernt habe. Drängt jemand auf eine Entscheidung, bevor sich Vertrauen aufgebaut hat, dann ist die Reaktion der anderen Person fast immer negativ. Etabliert andererseits jemand zuerst Vertrauen und kommt erst zu einem späteren Zeitpunkt zur Entscheidungsfindung, dann ist die Wahrscheinlichkeit weitaus größer, dass besagte Entscheidung gut für die beiden involvierten Parteien ausfällt.

In der Regel gibt es vier Fragen, die sich alle Menschen innerlich stellen, bevor sie die Entscheidung treffen, dem Ansinnen eines anderen Menschen nachzukommen. Diese Fragen gelten nicht nur in Bezug auf Geschäftsbeziehungen, sondern auch für alle anderen Arten von Beziehungen – von zwischenmenschlichen Beziehungen bis hin zu Coach-Spieler-Beziehungen.

1. Bin ich dir wichtig?
2. Kann ich dir vertrauen?
3. Weißt du, wovon du sprichst?
4. Bist du engagiert?

Wenn Sie versuchen, Einfluss zu gewinnen, eine bestimmte Aktion auszulösen oder ein Geschäft zum Abschluss zu bringen, bevor Ihr Gegenüber diese Fragen mit einem klaren „JA“ beantwortet hat, dann ist Ihnen wahrscheinlich kein Erfolg beschert.

Sie müssen lernen, in anderen Menschen zu lesen sowie Vertrauen zu vermitteln und sich gleichzeitig den Gefühlen und dem Wohlergehen des anderen zu unterwerfen. Sie müssen lernen, die Balance zwischen entschlossenem Handeln und sensiblem Verhalten zu finden.

Meine geschäftliche Aktivität geht zum großen Teil in die Richtung, ambitionierte Menschen zu finden und ihnen dann aufzuzeigen, wie sie ihre Ziele erreichen können. Ich begegne einem hohen Prozentsatz von Menschen, die die richtigen Dinge zu sagen wissen ... *anfänglich*. Sie sind schnell bei der Hand, ihre Ziele zum Ausdruck zu bringen, mich davon zu überzeugen, dass sie es ernst mit ihren Zielen meinen und dabei, sich meinen Rat einzuholen, was zu tun ist. Stellen die Betreffenden aber fest, dass sich ihre Ziele nicht augenblicklich realisieren lassen, dann sind viele von ihnen nicht annähernd so „bereit“ zu agieren, wie sie den Anschein erweckten oder es vielleicht sogar ihrer eigenen Meinung nach waren!

Der Verkäufer tendiert in besagten Fällen fast immer dazu, jemandem zu früh zu viel zu erzählen. Findet der Verkäufer (eines Produkts, einer Dienstleistung oder einer Geschäftsmöglichkeit) einen eifrigen Käufer, dann lässt er wahrscheinlich eine riesige Ladung an Ratschlägen los, und der Käufer ist weit davon entfernt, damit umgehen zu können. Ich kenne viel zu viele Menschen, die einem möglichen Geschäftspartner gegenüber eine neue Geschäftsmöglichkeit zur Sprache gebracht haben, und sobald der Betreffende dann die ersten Anzeichen von Interesse zeigte, stürzten sie sich in die Schilderung all der Stunden, die erforderlich sind, um zu Erfolg zu kommen, all der zu überwindenden Enttäuschung, all der Veränderungen, die das neue Unternehmen für sein Leben bedeuten würde, all der wahrscheinlich damit verbundenen Investition an Zeit und Geld ... zu diesem Zeitpunkt hatte sich der mögliche Geschäftspartner aber bereits innerlich verabschiedet und war nicht mehr auch nur im Entferntesten interessiert!

Versuchen Sie niemals, einen Freizeitathleten in einen Olympioniken umzukrempeln! Jemand mag durchaus GLAUBEN, alles zu wollen, doch im Prinzip weiß der Betreffende nicht, was er nicht weiß, und ist in keiner Weise bereit, sich zu engagieren. Es ist ein bisschen wie bei dem Mann, der eine nette Verabredung mit einer Frau hat und sie dann plötzlich am Ende des Abends bittet, seine Frau zu werden. Die Frau hat den Abend vielleicht genauso genossen wie der Mann, doch sich nun mit einem Satz in einen Heiratsantrag zu stürzen, das geht entschieden zu weit, entschieden zu schnell!

Ausgesprochen produktive Verkaufsmenschen mit einem langen Erfolgsregister wissen, dass viele ihrer besten Klienten diejenigen sind, für deren Entwicklung sie sich Zeit gelassen haben. Beträchtliche Zeit und Mühe wurden investiert, um besagte Person kennen zu lernen und Vertrauen aufzubauen. Manchmal musste der Verkäufer bezüglich des Klienten in Wartestellung gehen, bis der Kunde mit einem von ihm verwendeten Produkt unzufrieden oder das Produkt vielleicht nicht mehr brauchbar war. Manchmal musste der Verkäufer so lange warten, bis sich der Klient eine signifikante Veränderung in seinem Leben wünschte.

Geduld hat nichts mit Zaudern zu tun. Geduld ist eine Tugend. Sie ist eine konstante, zart-beharrliche Präsenz, die die Botschaft projiziert: „Ich bin zur Stelle, wenn Sie bereit sind, den nächsten Schritt zu gehen.“ Zaudern ist KEINE Tugend. Zaudern wurzelt in Angst und Faulheit.

Seien Sie bemüht, eine Vielzahl an geschäftlich orientierten Beziehungen aufzubauen, von denen sich jede durchaus in einem anderen Stadium befinden mag. Auf diese Art können Sie für Ausgewogenheit zwischen jenen Beziehungen sorgen, die bereit sind „in ein Geschäft einzusteigen“ und jenen, die sich in dem Stadium befinden „erst einmal Näheres zu der Geschäftsmöglichkeit zu erfahren“. Versäumen Sie es nicht zu agieren, sobald jemand bereit ist, etwas zu tun. Üben Sie keinen Druck auf jemanden aus, der nicht bereit ist, den nächsten Schritt zu tun.

Seien Sie stets darum bemüht, für das, was sich im Leben eines Menschen abspielt, als GANZES Verständnis zu haben. Manchmal sieht sich jemand vielleicht mit einer persönlichen Krise konfrontiert und ist daher weder in der Lage noch bereit, eine Geschäftsmöglichkeit in Betracht zu ziehen. Gelingt es Ihnen nicht, Einfühlungsvermögen für die nichtgeschäftlichen Interessen, Kontakte und Probleme im Leben eines Menschen aufzubringen oder zu entwickeln, dann werden Sie wahrscheinlich als selbstsüchtig und unsensibel erscheinen. Versuchen Sie, soviel Sie können über einen Menschen in Erfahrung zu bringen, ohne dabei die Grenzen guter Manieren und der Privatsphäre zu überschreiten.

All diese Punkte müssen in Betracht gezogen werden, und zwar nicht nur, wenn Sie jemanden in Richtung einer engagierteren, produktiveren und gefestigteren Bindung bewegen wollen. Sie sind auch dann zu berücksichtigen, wenn Sie jemanden rügen oder korrigieren müssen.

Verbinden Sie Ihre korrigierenden Maßnahmen immer mit einer Portion Lob. Mir gefällt das Motto: Loben Sie öffentlich und korrigieren Sie unter vier Augen. Zerstören Sie niemals das Vertrauen eines Menschen oder seine Fähigkeit, zu wachsen, sich zu verändern und sich zu entwickeln. Erklären Sie einem Menschen, WIE er oder sie effizienter, effektiver, produktiver sein oder qualitativ hochwertigere Arbeit leisten kann, dann erweisen Sie sich ihm langfristig gleichzeitig als hilfreich – nicht als verletzend. Konzentrieren Sie sich nicht auf das Negative, obgleich Sie vielleicht sehr definitiv sein müssen, wenn

Fakt ist: Mit dem richtigen Timing kann fast alles auf positive Art kommuniziert werden. Mit dem falschen Timing kann fast nichts so kommuniziert werden, dass es auch gut aufgenommen wird.

Sie sich damit auseinandersetzen. Konzentrieren Sie sich auf das, was der Betreffende tun kann, um etwas zu überwinden, richtig zu stellen oder zu verbessern. Legen Sie einen neuen Standard fest. Helfen Sie dem Betreffenden, seinen Blick auf ein neues Ziel, einen höheren Standard oder eine professionellere Art zur Handhabung eines Problems oder einer Präsentation zu richten.

Fakt ist: Mit dem richtigen Timing kann fast alles auf positive Art kommuniziert werden. Mit dem falschen Timing kann fast nichts so kommuniziert werden, dass es auch gut aufgenommen wird.

Verhalten Sie sich wie Mama Alligator

Betrachten Sie diejenigen, die Sie führen und auf die Sie Einfluss nehmen, als Ihre „Schutzbefohlenen". Eine gute Führungskraft verteidigt diejenigen mit Vehemenz, die sie führt.

Hören Sie denjenigen, die Ihnen nacheifern, genau zu. Sprechen Sie ihre Belange an. Helfen Sie ihnen zunächst, ihr Potenzial zu entdecken und ihre Träume zu identifizieren. Helfen Sie ihnen dann, ihr Potenzial umzusetzen und ihre Träume zu erfüllen.

Haben Sie ein Auge auf die Entwicklung eines Menschen und wie er als Person wächst. Erkennen Sie, wann jemand dazu motiviert werden muss, sich auf die nächste Ebene zu bewegen und wann jemand dazu ermutigt werden muss, sich zurückzustufen und sich eine neue Perspektive zuzulegen oder sich zusätzliche Informationen und Kenntnisse anzueignen.

Jede Führungskraft sollte sich zum Ziel setzen, eine neue Generation an Führungskräften aufzuziehen, die ihren Platz übernimmt. Um das zu bewerkstelligen, müssen Sie „den Eiern zuhören“ und den Menschen helfen, sich gemäß ihrem eigenen optimalen Zeitplan zu entwickeln.

Seien Sie für die Reise gerüstet.

11

DER KOLIBRI

Der Rubin-Kolibri ist eine von Gottes erstaunlichsten Kreaturen. Er ist nur etwa neun Zentimeter groß, hat jedoch einen der größten Energie-Outputs unter den Warmblütern. Zweimal pro Jahr reist dieses kleine Geschöpf von Südkanada nach Panama! Zu diesem Trip gehört ein Abschnitt von etwa 800 Kilometern über offenes Meer.

Die typische visuelle Vorstellung zeigt einen dieser wunderschönen kleinen Vögel, wie er von Blume zu Blume huscht und Nektar und Insekten sammelt. Während er fliegt, verliert der Kolibri einen Großteil seiner Körperwärme und muss daher den ganzen Tag über fressen – so lange es noch hell ist – um Energie und Kraft aufzutanken. Ein Großteil der jährlichen Vogelwanderung in den Süden ist relativ einfach, doch dann kommt der Tag, an dem sich der Vogel mit einem langen Flug ausschließlich über offenes Meer konfrontiert sieht. Dies ist dann nicht der Zeitpunkt, um ohne Energie dazustehen!

Exakt an dem Abend, an dem sich der Kolibri zur letzten und längsten Etappe seiner Reise aufmacht, versetzt er sich in eine Art Winterschlaf. In diesem Stadium sind nur etwa zwanzig Prozent der Treibstoffmenge erforderlich, die er normalerweise für die Wärmeerzeugung braucht. Der Vogel wird derart bewegungslos, dass man ihn berühren kann, ohne dass er darauf reagiert. Sobald die Sonne beginnt die Luft zu erwärmen, erwacht er und sammelt noch ein bisschen letzten Nektar, bevor er sich hinaus zu seinem 800-Kilometer-Flug über das Wasser begibt.

Für mich ist ein nur knapp neun Zentimeter großes Geschöpf, das ohne Stopp so weit reist, kaum vorstellbar. Es versteht sich fast von selbst, dass ich zutiefst vom Leistungsniveau dieses Vogels beeindruckt bin.

Wir können vom Rubin-Kolibri viel in puncto Maßnahmen lernen, die für den Aufbau eines Geschäfts oder die Führung einer Organisation notwendig sind. Mit Sicherheit sind zwei der Hauptfaktoren ENERGIE und VORBEREITUNG.

Erhalten Sie sich ein hohes Energieniveau

Der Kolibri ist natürlich nicht die einzige Kreatur, die den größten Teil des Tages damit zubringt, sich „Treibstoff" zuzulegen, um am Leben zu bleiben. Das ist im Tierreich häufig der Fall. Menschen müssen vielleicht nicht zu jeder wachen Stunde des Tages nach Nahrung suchen, menschliche Wesen brauchen jedoch die richtige Ernährung, und zwar sowohl für ihr physisches als auch ihr emotionales Dasein. Wohin auch immer ich heutzutage reise, scheine ich auf Menschen zu treffen, denen die physische Energie ausgeht und die emotional der Erschöpfung nahe sind. Wenige Menschen treiben regelmäßig Sport. Die meisten Menschen lassen Mahlzeiten aus oder leben von Fast Food und Mahlzeiten aus der Mikrowelle. Obgleich es sich hier mit Sicherheit nicht um ein Buch über Ernährung handelt, möchte ich Ihnen doch aus meiner Erfahrung heraus einige Tipps geben, um Sie beim Ankurbeln Ihrer Energie zu unterstützen.

1. ESSEN SIE DAS RICHTIGE

Was bedeutet es, das Richtige zu essen? Es bedeutet hauptsächlich, sich an frische Nahrungsmittel zu halten, nicht an verarbeitete und konservierte Nahrungsmittel, oder Nahrungsmittel, die voller Konservierungsmittel stecken. Vermeiden Sie fetthaltige und gebratene Nahrungsmittel – ja, dazu gehören auch Pommes frites. Vermeiden Sie ebenfalls Zusatzstoffe und Chemikalien. Vermeiden Sie auch zu viel Salz, weißen Zucker und Weißmehl.

Unser Körper wird konstant von „freien Radikalen“ attackiert – das sind Substanzen, die dem Körper im Zellbereich Schaden zufügen. Freie Radikale vermehren sich drastisch innerhalb des Körpers, wenn jemand die falschen Fettarten konsumiert, raucht oder übermäßig Alkohol trinkt. Um mit den freien Radikalen fertig zu werden, muss man viel frisches Gemüse und Obst essen, für Salate oder fürs Kochen einfach gesättigtes Öl wie Olivenöl verwenden und nur mageres Fleisch, Fisch oder Geflügel zu sich nehmen.

Sind Ihnen die Grundfakten einer guten Ernährung nicht bekannt, dann lege ich Ihnen nahe, primär zu LERNEN, was für Ihren Körper gut ist und was nicht. Schließlich handelt es sich hier wohl um den einzigen Körper, den Sie haben!

2. ESSEN SIE WENIGER

Fettleibigkeit ist eine schwer wiegende Gesundheitsepidemie auf unserem Globus, und zwar nicht nur in den Vereinigten Staaten, sondern auch in vielen anderen Ländern, die sich mehr und mehr einer „verwestlichten" Ernährung zuwenden. Mehr als 60 Prozent aller Amerikaner – und 75 bis 80 Prozent aller erwachsenen Amerikaner – sind übergewichtig.

Fettleibigkeit ist die Ursache für genauso viele Todesfälle sowie chronische Erkrankungen und Gebrechen wie Rauchen oder Alkohol. Welch Tragik und Ironie, dass die zivilisiertesten Nationen der Welt an Überernährung sterben, während der Rest der Welt an Unterernährung stirbt!

Sich gesund zu ernähren heißt, kleinere Mengen und öfter zu essen. Protein-Snacks können zur Regulierung des Blutzuckerspiegels beitragen. Sie sollten unter allen Umständen Snacks vermeiden, die einen hohen Anteil an bearbeiteten Kohlenhydraten, Zucker sowie gehärteten oder zum Teil gehärteten Fetten enthalten. Kontrollieren Sie das Etikett auf jedem verpackten Nahrungsmittel, das Sie zu sich nehmen!

Ich empfehle keineswegs, dass Menschen hungrig bleiben ... sondern nur, dass sie gesund bleiben.

3. TREIBEN SIE MEHR SPORT

Studien belegen, dass nur etwa fünfzehn Prozent der Amerikaner es sich zur Lebensgewohnheit gemacht haben, regelmäßig Sport zu treiben. Sportvereine und Fitness-Studios verdienen Unmengen an Geld durch den Verkauf riesiger Mengen von Mitgliedschaften an Leute, die statistisch gesehen ein Fitnesscenter nach nur wenigen Besuchen nie mehr betreten.

Ich lege Menschen nicht nahe, Bodybuilder oder Marathonläufer zu werden. Dieser Grad der „Fitness" ist altersbedingt oder wegen physischer und gesundheitlicher Einschränkungen für die meisten Menschen nicht praktikabel. Ich fordere die Menschen jedoch auf, es als ihre Verpflichtung zu betrachten, sich ganz einfach mehr zu bewegen.

Täglich Ihre Schritte zu zählen ist eine Möglichkeit in diese Richtung. Ein Pedometer, das die Schrittzahl aufzeichnet, kann sehr kostengünstig sein. Steigen Sie Treppen zu Fuß, parken Sie das Auto ein wenig weiter vom Hauseingang entfernt, unternehmen Sie drei- oder viermal pro Woche einen dreißigminütigen Spaziergang oder benutzen Sie das Laufband. Mehr ist besser – sagen wir mal dreißig Minuten, fünf- bis sechsmal pro Woche – was jedoch kein Muss ist, um eine signifikante Besserung zu erzielen. Reduzieren Sie sitzende Aktivitäten wie Fernsehen, an Ihrem PC im Internet surfen oder auf dem Sofa sitzen und DVDs oder Videos anschauen.

Seien Sie sich darüber im Klaren, dass Ihr Stoffwechsel umso schneller wird – und Sie deshalb auch mehr essen können, ohne zuzunehmen – je mehr Sport Sie treiben, Ihren Blutzuckerspiegel beobachten und Muskeln aufbauen.

4. VERWENDEN SIE NAHRUNGSERGÄNZUNGSSTOFFE

Die neuesten medizinischen Studien sind in ihrer Aussage zu diesem Thema sehr eindeutig: Es ist klug und weise von Ihnen, Ihrer Ernährung Nahrungsergänzungsstoffe hinzuzufügen. Nahrungsergänzungsmittel können wirklich sowohl einen Unterschied in Ihrem Energieniveau bewirken als auch dazu beitragen, vielen der ernsten Zivilisationskrankheiten wie zum Beispiel Krebs, Diabetes und Osteoporose vorzubeugen oder den Krankheitsverlauf vielleicht sogar umzudrehen. Achten Sie darauf, die richtige Quelle für die Nahrungsergänzungsstoffe zu finden, die Sie zu sich nehmen. Finden Sie ein Unternehmen, das natürliche Zutaten verwendet, mit ordnungsgemäßen Herstellungstechniken arbeitet, eine gute Qualitätskontrolle eingebaut und seine Zutaten Sicherheitstests unterzogen hat.

Sie müssen selbst herausfinden, was Sie zu sich nehmen sollten und in welchen Mengen. Ich empfehle als Grundversorgung ein qualitativ hochwertiges Multivitamin- und Multimineralpräparat. Dann füge ich persönlich dem Ganzen noch eine ausgewogene Mischung aus Antioxidantien wie den Vitaminen C und E und Multikarotin hinzu. Die meisten Menschen nehmen „essentielle Fettsäuren" (EFS) nicht in ausreichenden Mengen zu sich. Diese Nährstoffe finden sich vorwiegend in Fisch wie Lachs sowie in Nahrungsquellen wie Leinsamenöl. Nahrungsergänzungsmittel gibt es auch als Kapseln.

Es gibt viele weitere sehr hilfreiche Nahrungsergänzungsstoffe, und um mein Krankheitsrisiko zu reduzieren nehme ich eine Reihe solcher Zusätze zu mir – unter anderem Glukosamine, Coenzym Q^{10}, ein ausgewogenes B-Komplex-Präparat, zerkleinerte Fächerpalme sowie Verdauungsenzyme.

Denken Sie immer daran,dass Ihre Zellen aus dem bestehen, was Sie essen. Mir für meinen Teil sind Zellen lieber, die reich an Vitaminen und frei von bearbeitetem Fett sind – als frittierte Zellen, die mit künstlichen Chemikalien durchtränkt sind!

5. TRINKEN SIE WASSER

Ihr Körper besteht zu einem sehr hohen Prozentsatz aus Wasser. Wasser sorgt für die Hydration der Zellen und spült Toxine aus dem Körper – beide Punkte sind wichtige Faktoren im Hinblick auf die allgemeine Gesundheit. Es ist wichtig, jeden Tag mindestens gut zwei Liter frisches, reines Wasser zu trinken – und mehr, wenn Sie Sport treiben. Ich darf im Zusammenhang mit Wasser folgende Begriffe hervorheben: *frisch* und *rein*!

Sie brauchen sich nur einmal die Mühe machen, die beängstigende Menge an Chemikalien und Zusätzen zu untersuchen, die sich in gewöhnlichem Leitungswasser befinden. Karzinogene (Krebs erregende Gifte), industrielle Schadstoffe sowie bakterielle Mikroorganismen finden sich überall und werden kaum, wenn überhaupt, herausgefiltert. Selbst kommerziellen Mineralwässern werden einige der gefährlichsten Chemikalien wenig oder nicht wirksam entzogen. Für die meisten Menschen bedeutet ein qualitativ hochwertiges Filtersystem die beste Alternative – und es ist auf lange Sicht gesehen auch kostengünstiger als mangelhafte Gesundheit.

6. RAUCHEN SIE NICHT UND MEIDEN SIE ALKOHOL

Hierbei handelt es sich immer um ein sensibles Thema, weil einige Menschen sehr heftig auf diese Thematik reagieren. Ich bin nicht Ihr Vater, habe aber einiges an medizinischen Untersuchungen gelesen. Die negativen Auswirkungen des Zigarettenrauchens auf die Gesundheit sind so gut dokumentiert, dass ich persönlich der Meinung bin, Rauchen ist Selbstmord. Nur durch eine einzige Zigarette werden Millionen von freien Radikalen im Körper freigesetzt. Rauchen Sie zurzeit, dann lege ich Ihnen nahe, einen Weg zu finden, um damit aufzuhören. Rauchen Sie nicht ... dann fangen Sie gar nicht erst an! Ich empfehle Ihnen definitiv, in geschäftlichem Rahmen oder während eines Geschäftsessens auf das Rauchen zu verzichten. Rauchen kann von denjenigen, die nicht rauchen, als ausgesprochen unangenehm empfunden werden, und einige Menschen reagieren körperlich allergisch auf Tabakrauch.

Das Thema Alkohol ist genauso schwierig, wenn nicht noch schwieriger, wie das Thema Rauchen. Einige Menschen können Alkohol problemlos und verantwortungsbewusst in moderaten Mengen zu sich zu nehmen. Aber selbst wenn dem so ist, sagt mir dennoch meine Erfahrung, dass Alkohol bei Geschäftsbesprechungen oder -beziehungen eine nicht gern gesehene und potenziell destruktive Beigabe ist. Wie beim Rauchen, so fühlt sich auch selten jemand beleidigt, wenn Sie einfach „Nein, danke“ sagen, wenn Ihnen Alkohol angeboten wird. Andererseits kann ein „Ja, gerne“ oder ein zu hoher Alkoholkonsum sehr wohl auf Missfallen stoßen. Trinken hat die Tendenz, die Zunge zu lösen, sodass Dinge gesagt und getan werden, die man später vielleicht bereut. Aus Respekt sowohl gegenüber den Menschen, die ein physisches Problem mit Alkohol haben, als auch jenen, deren Familie vielleicht unter den oft sehr negativen Auswirkungen von Alkohol gelitten haben, rate ich dazu, in diesem Bereich im geschäftlichen Rahmen kluge, verantwortungsvolle Entscheidungen zu treffen.

7. VERSCHAFFEN SIE SICH GENUG RUHEPAUSEN

Im Gegensatz zu der Meinung vieler Menschen ist es durchaus möglich, ein hohes Erfolgsniveau zu erreichen und trotzdem ausreichend Schlaf zu finden. Man hat nie einen wirklichen Vorteil davon, aus Schlafmangel halbtot herumzulaufen.

Der Körper braucht Ruhe. Manche Menschen kommen vielleicht mit nur fünf bis sechs Stunden Schlaf pro Nacht aus, doch das ist die Ausnahme. Die meisten Menschen brauchen mindestens sieben Stunden Schlaf pro Nacht, und manche sogar acht oder neun Stunden.

Es wird mit Sicherheit Zeiten geben, in denen Sie bis spät in die Nacht arbeiten müssen, zum Beispiel um ein Projekt zum Abschluss zu bringen, doch seien Sie sich immer darüber im Klaren, dass Sie umso unproduktiver und ineffizienter werden, je mehr Schlafentzug Sie haben. Die Qualität Ihrer Arbeit kann ebenfalls leiden.

Zu verschlafen oder den Wecker nicht zu hören, ist fast immer ein Zeichen dafür, dass Sie unter zuviel Stress stehen oder Ihre Ernährung unzureichend ist. Wenn Ihr Körper korrekt arbeitet und Sie sich richtig ernähren ... wenn Sie eine gesunde Ausgewogenheit zwischen Arbeit, Vergnügen und Sport beibehalten ... und wenn Sie ausreichend Nahrungsergänzungsstoffe zu sich nehmen und genügend reines, frisches Wasser trinken, dann sollten Sie morgens voller Energie aufwachen und sich durch und durch lebendig und bereit fühlen, die Herausforderungen des Tages anzunehmen.

Ich erkläre meinen Geschäftspartnern oft: Setzen Sie sich nicht ein Ziel und versäumen es dann, auf sich aufzupassen, sodass Sie niemals in die Lage kommen, die Früchte aus der Realisierung dieses Zieles zu genießen!

Ausreichende Vorbereitung ist ein Muss!

Menschliche Wesen besitzen offensichtlich nicht die Fähigkeit eines Kolibris, sich in eine Art Winterschlaf zu versetzen, bevor sie sich auf eine große Herausforderung einlassen ... wir haben jedoch die Fähigkeit, im Voraus zu planen und die Ressourcen zusammenzuziehen, die wir für den erfolgreichen Abschluss eines Projekts benötigen. Um sich voll und ganz vorzubereiten, muss man immer:

1. WISSEN, WOHIN MAN GEHT

Der Kolibri verfügt über einen eingebauten Orientierungssinn, der ihn viele Kilometer über offenes Wasser trägt. Bevor Sie eine Mission übernehmen, müssen Sie sich ein klares Bild davon machen, wohin Sie gehen und was Sie erreichen wollen. Sie müssen eine Vorstellung davon haben, wie Erfolg ausschaut, damit Sie wissen, wann Ihnen Erfolg beschert ist! Ein ausgeprägtes Gefühl in puncto Zweck und Richtung zu empfinden, kann Ihnen Energie vermitteln und dazu beitragen, für Sie Stütze zu sein auf dem langen Weg Ihrer Reise zu dem von Ihnen anvisierten Erfolg.

2. KALKULIEREN SIE DIE KOSTEN

Aus geschäftlicher Sicht müssen Sie kalkulieren, wie viel Kapital Sie benötigen, um einen Job durchzuführen. Fragen Sie:

- Verfüge ich über die notwendigen Ressourcen? Falls nicht, wo könnte ich mir ausreichende Ressourcen beschaffen?
- Bin ich bereit, die notwendigen Opfer zu bringen – nicht nur finanziell, sondern auch in Hinblick auf Zeit für andere Dinge?
- Bin ich mir voll der „Kosten“ dieser Unternehmung in Hinblick auf meine Familie und mein Familienleben bewusst?
- Bin ich mir über den Preis eines Misserfolgs im Klaren? (Der Kolibri sieht sich im Falle eines Fiaskos mit einem sehr hohen Preis konfrontiert – nämlich tot in den Ozean zu stürzen!)

Entschließt sich ein junger Mensch ins College zu gehen und dann die Hochschule zu besuchen, um Arzt, Anwalt oder Wissenschaftler zu werden, dann ist sich besagter junger Mensch in der Regel sehr wohl bewusst, wie viel Zeit und

Geld seine „Reise" in Richtung eines höheren Abschlusses kosten wird. Fängt jemand an, ein Haus zu bauen, dann ist sich der Betreffende gewöhnlich sehr wohl der involvierten Kosten bewusst und ist sich auch über die für die Fertigstellung des Hauses erforderliche Zeit im Klaren. Neue geschäftliche Unternehmungen sowie die Expansion existierender Unternehmungen stellen ähnliche Herausforderungen. Wir sollten niemals ein Projekt starten, ohne vorher einen Blick sowohl auf den zeitlichen Rahmen als auch auf das für die erfolgreiche Etablierung oder Vollendung des Projekts veranschlagte Budget zu werfen.

3. SORGEN SIE FÜR AUSREICHEND „TREIBSTOFF"

Der Treibstoff, der von einer Führungskraft erwartet wird, ist mehr mentaler und psychologischer als physischer Natur. Eine Vision trotz Kritik oder Demotivation aufrechtzuerhalten, kann die Emotionen auf eine harte Probe stellen. Fragen Sie sich:

- Weiß ich meinen Verstand mit dem richtigen Input zufrieden zu stellen? Ist mir klar, woher ich die Informationen bekomme, die ich in Bezug auf mein Produkt sowie die von mir betriebene geschäftliche Unternehmung benötige?
- Bin ich bereit Zeit zu investieren, um Fortbildungsmaterial anzuhören oder zu lesen, das sich darauf bezieht, was ich tue? Bin ich bereit, „meine Hausaufgaben zu machen"? Wie komme ich an Menschen heran, die diesen Weg bereits mit Erfolg gegangen sind, sodass ich von ihnen lernen kann?

- Kann ich einen Coach oder Mentor auftreiben, der an mich glaubt und mir helfen kann, die Lebenserfahrung und die Geschäftskenntnisse zu entwickeln die ich brauche, um zur Führungskraft zu werden? Bin ich bereit, Seminare oder Tagungen zu besuchen, oder kurze Kurse zu belegen, um spezifische Fähigkeiten zu entwickeln?

Sind Sie gerade in einem „Training zur Führungskraft“, dann müssen Sie die Entscheidung treffen, Kontakt zu Menschen aufzunehmen, die zur Treibstoffversorgung Ihrer Energie beitragen und eine Quelle der Ermutigung sind. Halten Sie sich von Menschen fern, die sich folgendermaßen präsentieren:

- Kritisch
- Übermäßig beschützend bis hin zu dem Punkt, Ihnen den Mut zum Risiko vollständig zu nehmen
- Neidisch auf Ihren potenziellen oder momentanen Erfolg

Halten Sie in einem Tagebuch Ihre Ziele und Bekräftigungen dieser Ziele fest – das hilft Ihnen, auf dem Weg zu bleiben. Lesen Sie sich jeden Tag die Prioritäten und Ziele vor, die Sie sich gesetzt haben. Bekräftigen Sie Ihre eigenen Träume!

Üben Sie sich darin, die Feier Ihres Erfolgs zu visualisieren. Malen Sie sich lebhaft aus, was Sie tun könnten, wenn Sie Ihr Ziel erst einmal erreicht haben. Diese Vision für Ihre persönliche Zukunft verleiht Ihnen Energie und Motivation.

Je länger die Reise

Je länger die Reise ... je größer der Traum ... je nobler die Vision ... desto mehr wird für Sie vonnöten sein, um gut mit Treibstoff versorgt und vorbereitet zu sein! Sie werden Energie brauchen, um sich Ihre physische und emotionale Gesundheit zu erhalten. Sie müssen Vorkehrungen treffen, um „am Ball" zu bleiben und den ganzen Weg zum Ziel „versorgt" zu sein. Dies bewahrheitet sich im Geschäftsleben, im Streben nach akademischen Graden, beim Großziehen von Kindern und trifft ebenso auf die Konfrontation mit jeder großen Herausforderung des Lebens zu!

Seinen Willen zu AKTIVIEREN, sich selbst anzutreiben und für die Reise vorzubereiten, das ist es, was einen Menschen beflügelt, Jahre hindurch ... Meile für Meile ... über Hürden und Hindernisse hinweg ... den ganzen Weg zum Erfolg.

Den Willen zu haben, zu den Gewinnern zu gehören, ist nicht das, was einen Menschen zum Erfolg trägt. Seinen Willen zu AKTIVIEREN, sich selbst anzutreiben und für die Reise vorzubereiten, das ist es, was einen Menschen beflügelt, Jahre hindurch ... Meile für Meile ... über Hürden und Hindernisse hinweg ... den ganzen Weg zum Erfolg.

Glaube allein genügt nicht.

12

DER GROSSE BLONDIN

Auch nur einmal auf einem Drahtseil über die Schlucht an den Niagarafällen zu spazieren, scheint bereits närrisch zu sein. Diese Überquerung siebzehn Mal zu unternehmen könnte man auch als „Wahnsinn“ bezeichnen! Doch das ist genau das, was der Große Blondin gemacht hat.

Der unter diesem Namen bekannte Mann wurde 1824 eigentlich als Jean Francois Gravelet in Frankreich geboren. Im Alter von sechs Jahren begann er sein Zirkusleben und man kannte ihn als „Das kleine Wunder“. Er reiste mit der Akrobatenfamilie Ravel nach Amerika und schon bald faszinierte ihn die Schlucht an den Niagarafällen. Er schwor, sie auf einem Hochseil zu überqueren.

Schließlich fand der Große Blondin jemanden, der ihm bei dieser Herausforderung zur Seite stand. Ein Seil mit einem Durchmesser von rund siebeneinhalb Zentimetern wurde fast fünfzig Meter hoch quer über die Schlucht über das Wasser gespannt. Die Distanz über die Schlucht betrug fast einen halben Kilometer. Blondin überquerte die Schlucht nicht nur erfolgreich, sondern versuchte sich dann auch an Überquerungen mit allen möglichen Stunts, um das Ganze noch gewagter zu machen.

Einmal hatte er einen Jutesack über seinen Kopf gezogen und machte die Überquerung mit verbundenen Augen. Bei anderen Überquerungen rannte er, verwendete Stelzen und gab akrobatische Stunts zum Besten, wozu auch Kopfstand und Purzelbäume gehörten. Einmal trug er einen Ofen bis zur Mitte des Seils, briet sich dort ein Omelett, das er sich schmecken ließ, bevor er die Überquerung beendete. Manchmal schob er einen Schubkarren während der Überquerung vor sich her und forderte die Zuschauer kühn heraus, zu einer Fahrt einzusteigen.

Im August 1859 trug Blondin seinen Manager, Harry Colcord, auf seinem Rücken über die Niagarafälle. Kaputte Führungsseile versetzten das Hauptseil in heftige Schwingungen und der entsetzte Manager war gezwungen, auf halbem Wege abzusteigen.

1860 war der Prince of Wales präsent, um sich eine Vorstellung des Großen Blondin anzuschauen. Er hatte von den kühnen Heldentaten und akrobatischen Fertigkeiten dieses Mannes gehört. Nach erfolgreicher Überquerung der Schlucht unter den voraussagbaren Jubelrufen der versammelten Menge wendete sich der Große Blondin dem Prinzen zu und fragte: „So, glauben Sie jetzt, dass ich fertig bringe, was man mir nachsagt?"

Der Prinz erwiderte: „Ja, das glaube ich."

Darauf Blondin: „Wenn Sie es wirklich glauben, dann steigen Sie in den Schubkarren zur Rückreise quer hinüber auf die andere Seite!"

Der Prinz blieb natürlich stumm und auf trockenem Boden.

Der Große Blondin zeigte seine erstaunlichen Heldentaten bis er weit über siebzig war! Er bereiste Europa und simulierte dort für seine Zuschauer einige seiner berühmten Niagara-Hochseilvorführungen. 1897 starb er in seiner Villa, nachdem er es als Ergebnis seiner wagemutigen Vorstellungen zu ziemlichen Reichtum gebracht hatte.

Soweit ich weiß, ist niemand jemals in seinen Schubkarren gestiegen.

Wären Sie das Risiko eingegangen?

Unzählige Menschen beobachten heutzutage die Möglichkeiten und Leistungen anderer Menschen und sagen: „Ich könnte das auch" oder „Das ist definitiv machbar". Glaube allein reicht jedoch niemals aus, um ein Ziel zu erreichen.

Glaube allein reicht niemals aus, um ein Ziel zu erreichen.

Zu oft „glauben" Menschen, etwas sei machbar, doch sie machen sich nie auf, um das Risiko einzugehen und tatsächlich das zu tun, von dem sie – wie sie versichern – überzeugt sind. Es ist bequemer an den Seitenlinien zu stehen, statt sich auf das Spielfeld zu begeben und seine Überzeugung einem Test zu unterziehen. Es ist weitaus einfacher, eine Überzeugung zum Ausdruck zu bringen als aufgrund einer Überzeugung zu agieren.

Hinzu kommt, dass es nicht ausreicht, nur einmal aufgrund einer Überzeugung zu agieren. Echte Überzeugung verlangt, dass wir wiederholt – oft täglich – aufgrund besagter Überzeugung agieren. Kleine Aktionen der Überzeugung oder des Glaubens – oft wiederholt – sind das, was im Laufe der Zeit Stärke schafft.

Es hat die Menschen nicht viel gekostet, an den Ufern der Schlucht bei den Niagarafällen zu stehen und zu sagen, sie glaubten, dem großen Blondin würde eine erfolgreiche Überquerung gelingen. Sie hatten seine vorherigen Erfolge miterlebt oder von ihnen gehört. Er war offenbar talentiert, voller Selbstvertrauen und in der Lage, seine Prahlereien zu rechtfertigen.

Tatsächlich in seinen Schubkarren zu steigen, das hätte von jemandem Mut erfordert! Und genau an diesem Punkt – wenn die Herausforderung persönlich wird, mit einem definitivem Für und Wider – nimmt der Glaube eine völlig neue Dimension an. Es ist genau dieser Punkt, an dem es sich bei Glaube nicht länger um eine intellektuelle oder emotionale Übung handelt – es handelt sich um ein Risiko.

Je größer die Herausforderung ... desto größer die Möglichkeit eines Misserfolgs ... desto größer das Risiko. Und je größer das Risiko ist, desto stärker muss das Vertrauen sein, dass ein Mensch aufbringt.

Es erfordert Vertrauen, sich irgendeiner Herausforderung zu stellen oder irgendein Risiko einzugehen, je größer jedoch die Herausforderung, desto größer das erforderliche Vertrauen!

Dies bewahrheitet sich im Geschäftsleben, aber auch in anderen Lebensbereichen.

Betrachten wir einmal das junge Paar, das sich schon eine Weile trifft und nun langsam die Möglichkeit ins Auge fasst, „eines Tages“ zu heiraten. Beide, der junge Mann und die junge Frau, mögen durchaus glauben, einander zu lieben und zum Heiraten bereit zu sein. Dann wird jedoch besagte Frage gestellt und beantwortet, das Datum wird festgelegt, und der Verlobungsring steckt am Finger der Braut in spe! Die Dinge verändern sich! Hochzeitspläne beginnen Gestalt anzunehmen. Eine Torte und Blumen werden geordert, Einladungen werden ausgesucht und verschickt, die Kirche ist gebucht, die Hochzeitsreise ist geplant ... und bald nimmt das, was sich einst als allgemein gehaltener Glaube präsentierte, die Gestalt einer sehr persönlichen und spezifischen Herausforderung an! Da ist ein Risiko involviert. Größeres und immer größeres Vertrauen in die Sache ist jetzt notwendig, um bei dieser Herausforderung „am Ball“ zu bleiben.

Vor vielen Jahren bereisten wir mit Freunden die Südinsel von Neuseeland. Wir kamen zu einem Ort in der Nähe von Queenstown, wo das erste Bungee-Jumping stattfand. Die Brücke in der Nähe von Queenstown verläuft fast 45 Meter über einer fantastischen Schlucht mit einem reißenden Fluss. Als wir an besagtem Ort ankamen, trafen wir auf Leute, die der Meinung waren, dass es Spaß macht, von der Brücke zu springen, wobei ihre Füße an einem extrem elastischen Seil befestigt waren. Sie waren entschlossen, sich kopfüber in freiem Fall bis zu einer Höhe von etwa dreißig Zentimetern oberhalb der Wasseroberfläche fallen zu lassen und dann Richtung Brücke zurückzuschnellen. Dieses Vor- und Zurückschnellen dauerte natürlich einige Male an, bis der Betreffende schließlich kopfüber in der Luft direkt über dem Fluss zum „Stillstand" kam. Ein kleines Boot und seine Besatzung warteten in der Nähe, um die elastischen Stricke zu lösen und die Person in Sicherheit zu bringen.

Als wir dort standen, war es kalt und der Wind wehte. Die Temperatur betrug etwa sieben Grad Celsius, das Wasser war noch kälter! Mein Freund Toni forderte mich auf: „Los, machen wir's!"

Ich erwiderte: „Du musst verrückt sein!"

Er fuhr fort, mir zu erklären, wie sicher das Ganze sei und wie viel Spaß es machen würde.

Er tat sein Bestes, mich zu einem Bungee-Sprung von der Brücke zu überreden, doch ich war in keiner Weise bereit, jemanden für das „Privileg" zu bezahlen, mich ohne Sinn und Verstand zu Tode zu erschrecken. (Ich wusste, ich würde im Falle eines Sprunges demjenigen, der die Seile adjustierte und befestigte, ganz sicher ein sehr großes Trinkgeld offerieren – ein Trinkgeld, das nur dann zu zahlen wäre, wenn ich überlebte!)

Schlussendlich machte mein Freund Toni den Sprung! Ich war beeindruckt. Er schaffte es nicht nur, sondern er genoss den Kick. Ich war beeindruckt und freute mich riesig für ihn.

Ich wurde ein „Glaubender", dass so etwas nicht nur machbar, sondern auch ein Kick war. Bin ich jedoch gesprungen? Nein. Letzten Endes wünschte ich mir die Erfahrung und den Kick nicht stark genug, um das Risiko einzugehen.

Kann ich heute sagen, dass ich glaube, Bungee-Jumping könne eine sichere und lustige Angelegenheit sein? Ja.

Kann ich mich als Bungee-Jumper bezeichnen? Nein.

An etwas zu glauben ist nicht dasselbe, wie etwas zu TUN.

Das Streben nach Erfolg erfordert immer eine gewisse Risikobereitschaft. Es erfordert Aktivität. Es erfordert die Art von Glaube, der darin resultiert, dass etwas tatsächlich PASSIERT.

Wenn Sie wirklich ein Ziel haben ...

Wenn Sie wirklich einen Wunsch haben, der den Einsatz wert ist und sie vorwärts treibt ...

Wenn Sie wirklich einen Traum und eine Vision für Ihr Leben haben ...

Wenn Sie Ihrer Familie oder Ihrem Team gegenüber eine Verantwortung haben ...

Dann MÜSSEN Sie lernen, so zu agieren, als sei Misserfolg keine Option. Sie müssen anfangen, mit all Ihrer Energie und Konzentration auf das Ziel zuzulaufen, das vor Ihnen liegt.

RISIKO UND VERANTWORTUNG

Ich fordere Sie keinesfalls dazu auf, sich bei Ihrer Risikobereitschaft verantwortungslos zu verhalten. Planlos vorwärts zu stürmen ... ohne die Kosten in Betracht zu ziehen ... ohne Abwägen der positiven Aspekte ... ohne eine klare Vorstellung von dem zu haben, was Sie erreichen wollen ... ist Dummheit. Was ich sage, ist Folgendes: Haben Sie erst einmal eine Chance aus allen Blickwinkeln heraus betrachtet und befunden, dass sie den Einsatz wert ist, dann MÜSSEN Sie auch den Mut finden, AKTIV ZU WERDEN.

Ein Macher oder ein Kritiker

Haben Sie eine Chance erst einmal aus allen Blickwinkeln heraus betrachtet und befunden, dass sie den Einsatz wert ist, dann MÜSSEN Sie auch den Mut finden, AKTIV ZU WERDEN.

Die humoristische Definition für einen Kritiker lautet: *Ein Mensch, der eine Darbietung oder Vorstellung bewertet, die er selbst nicht geben kann.* Es gereicht nicht gerade zur Ehre, nur einfach auf die Fehler eines anderen Menschen hinzuweisen, wenn Sie selbst niemals versucht haben, das zu tun, was der andere tut.

Es gereicht auch nicht zur Ehre, nur Zaungast zu sein, der darüber „berichtet“, was er andere tun sieht.

Über die Jahre hinweg war ich immer fasziniert – manchmal auch verärgert und manchmal auch leicht amüsiert – von Vortragsrednern und Autoren von Selbsthilfe-Büchern, die ihre Geschichten und Ideen in Sachen Erfolg zum Besten geben, obgleich sie niemals mit der kalten, harten Realität konfrontiert waren, sich ein persönliches Ziel zu setzen und es auch zu erreichen. Ein Mensch, der Erfolg lediglich „studiert“ und eine diesbezügliche Botschaft zusammenpackt – jedoch niemals eine Firma aufgebaut hat, oder ein Rennen gelaufen ist oder ein konkretes Ziel erreicht hat, das Führungsqualitäten erfordert – mag für mein Dafürhalten wohl einige interessante Theorien parat haben, doch faktisch hat er keine Glaubwürdigkeit. Ich für meinen Teil möchte von Leuten hören, die in der Tat „dort waren, es getan haben".

Charles „Tremendous" Jones hat einmal gesagt, dass er bei seiner ersten Eheschließung zwar drei Theorien hatte, wie Kinder großzuziehen seien – jedoch keine Kinder. Später, so ergänzte er humorvoll, hatte er drei Kinder, jedoch keine Theorien!

Es ist leicht, zu theoretisieren, zu kritisieren, zu analysieren und sogar zu fantasieren. Es ist aber etwas anderes, in den Schubkarren zu steigen oder von der Queenstown-Brücke zu springen.

Und just in dem Moment, wenn Sie die Entscheidung treffen, den Schritt zu wagen ...

Oft passiert an dem Punkt, an dem Sie das Vertrauen und den Mut aufbringen, einen bestimmten positiven Schritt zu wagen und Ihrer Überzeugung entsprechend zu agieren, etwas ganz Interessantes. Ein Freund oder Arbeitskollege – vielleicht auch ein enges Familienmitglied oder ein entfernter Bekannter – taucht wahrscheinlich auf und warnt Sie vor Gefahren oder sagt Ihr Scheitern voraus. Das geschieht in neun von zehn Fällen! Die Betreffenden erzählen Ihnen vielleicht, dass sie die Absicht haben „Sie zu beschützen" – Sie sogar vor sich selbst zu beschützen und vor der Ihnen eigenen Fähigkeit zu träumen. Sie erklären Ihnen vielleicht, dass sie Ihnen Rat anbieten, weil sie Sie lieben – oder besser gesagt: Sie lieben, Ihnen aber nicht vertrauen. Man macht Ihnen vielleicht weis, dass Sie „anders“ werden, wenn Sie das tun, was Sie tun wollen, oder sich vielleicht lächerlich machen, abgelehnt oder als Versager abgestempelt werden.

Ihr Mut mag einigen Leuten Unbehagen bereiten. Die Betreffenden werden vielleicht unbewusst an ihre eigenen Ängste und ihre Unfähigkeit erinnert, Mut aufzubringen. Sie sind vielleicht sogar neidisch auf die Chance, die sich Ihnen möglicherweise gerade mit Erreichen Ihres Ziels bietet. Sie plagt vielleicht die verborgene Angst, dass Sie – sind Sie erst einmal erfolgreich – aufhören sie zu lieben oder aufhören, genauso viel Zeit wie bisher mit ihnen zu verbringen.

Die Entscheidung, der Sie sich gegenübersehen, wenn die „Miesmacher“ und „Unheilverkünder“ auftauchen, ist eine ganz simple: Wollen Sie nun eine Führungskraft werden, oder nicht? Wollen Sie nun ein Erfolgsmensch werden, oder nicht?

Die Wahrheit schaut folgendermaßen aus: Wenn Sie so leben wollen, wie andere es nicht können, dann müssen Sie tun, was andere nicht tun wollen.

Die Wahrheit schaut folgendermaßen aus: Wenn Sie so leben wollen, wie andere es nicht können, dann müssen Sie tun, was andere nicht tun wollen.

Sie müssen nicht nur an ein größeres Gut und einen höheren Sinn glauben, Sie müssen agieren. Und Sie müssen *unabhängig* von dem agieren, was andere in dem Versuch von sich geben, Sie davon zu überzeugen, den Alles-wie-bisher-Status-quo Ihres Lebens beizubehalten.

Sobald Sie in Aktion sind

Die gute Nachricht lautet, dass die Dinge in der Regel viel einfacher werden, wenn Sie erst einmal aktiv und „in Bewegung“ in Richtung der Verwirklichung Ihrer Ziele sind. Ihnen steht weitaus weniger Zeit zur Verfügung, um Seelenqualen zu leiden und zu theoretisieren ... Sie sind jetzt energiegeladen und aktiviert! Da ist Arbeit zu erledigen und das heißt: keine Zeit, um sich Sorgen zu machen!

Mir gefällt die Geschichte von dem Huhn und dem Schwein, die beide das Schild für ein Wohltätigkeitsfrühstück entdeckten. Das Huhn sagte zum Schwein: „Du, schau’ mal! Das ist ein toller Anlass. Man serviert Speck und Eier. Gehen wir doch rein und leisten einen Beitrag!“

Das Schwein dachte einen Augenblick nach und erklärte dann: „Du tust dich leicht mit dieser Aussage. Ein Ei herzugeben bedeutet für dich nur einen Beitrag. Speck herzugeben bedeutet für mich aber den totalen Einsatz!“

Die erfolgreiche Realisierung eines Ziels erfordert immer den totalen Einsatz. Doch sind Sie erst einmal fest entschlossen, ein Ziel zu verfolgen, dann werden Sie feststellen, dass ein gewisses Maß an Momentum zum Tragen kommt.

Zwei zusätzliche Dinge passieren, während Sie sich voller Eifer und mit ganzem Engagement auf die Arbeit konzentrieren. Erstens, Sie stellen fest, dass Sie sich nicht länger ständig der Vorstellung eines „Risikos“ bewusst sind oder sich damit beschäftigen. Sie werden sich weitaus mehr der Aufgaben bewusst, die erledigt werden müssen, der Menschen, die anzurufen sind, der Bestellungen, die ausgeliefert werden müssen, der Abläufe, die zu regulieren sind, und so weiter. Sie richten Ihr Augenmerk eher auf die Arbeit, die anliegt, als auf die Gefahren, die in nebulöser Ferne lauern.

Zweitens, je mehr Sie emsig und mit ganzem Einsatz arbeiten, desto unwahrscheinlicher wird für Sie die Veranlassung, inne zu halten und jenen zuzuhören, die Sie kritisieren oder versuchen, Ihnen den Mut zu nehmen. Sie fangen an, sich bewusst zu werden, gewisse Dinge zu wissen, die Ihre Kritiker und die Neinsager nicht wissen und auch niemals wissen werden: Sie wissen, wohin Sie gehen, was Sie tun werden, wenn Sie dort ankommen, und wie viel Spaß Sie haben werden, sowohl die Reise zu machen als auch die „süßen Früchte" zu ernten! Sie haben keine Zeit, jenen zuzuhören, denen es darum geht, Sie zu entmutigen. Sie haben Termine einzuhalten, Aufgaben zu erledigen und Belohnungen zu genießen, die Spaß machen!

Heute ist der beste Tag, die Seitenlinie zu verlassen und sich auf das von Ihnen ausgewählte Spielfeld zu begeben.

Kein Zuschauen und kein Abwarten mehr.

Zeigen Sie Einsatz!

Lernen Sie zu sagen: „Warum eigentlich nicht?“

13

EIN PIANO AM STRAND

Es ist noch nicht lange her, dass ich mich auf einer Geschäftsreise befand, die mich um die Welt führte. Von meinem Heimatflughafen in Atlanta flog ich westwärts quer über die Vereinigten Staaten und den Pazifik nach Südkorea, und von dort aus dann weiter nach Europa, und von dort südwärts quer über den afrikanischen Kontinent in die Republik Südafrika und von dort schließlich zurück nach Atlanta. Dies ist für mich keine ungewöhnliche Reise, doch dieses Mal begleitete mich mein Sohn David.

Südkorea bedeutete für David ein ganz schönes Abenteuer, denn er fand einen Computer in seinem Zimmer vor ... aber kein Bett! Willkommen in der Welt internationaler Eigenheiten!

Im Anschluss flogen wir nach Thessaloniki in Griechenland, mit kurzen Zwischenstopps in Singapur und München.

Als wir in Deutschland landeten – nach rund 36 Flugstunden – erklärte ich David, dass ich auf einen Kaffee in die First-Class-Lounge gehen wolle, während wir auf den Aufruf unseres Fluges nach Griechenland warteten. Ich war in der First-Class-Lounge der Lufthansa am Münchner Flughafen bereits einige Male zuvor gewesen, doch als ich dieses Mal kurz mein Ticket zeigte und den Lounge-Bereich betrat, sagte die Frau am Empfang: „Es tut mir leid, aber Sie haben hier keinen Zutritt. Dieser Bereich ist ausschließlich den Passagieren der ersten Klasse vorbehalten." Ich erklärte ihr, dass ich mir dessen bewusst wäre und ja auch erster Klasse gebucht sei.

Sie warf einen Blick auf mein Ticket und teilte mir mit, dass unser nächster Reise-Abschnitt – wobei es sich lediglich um die letzte Stunde oder so unseres sehr langen Fluges von Südkorea handelte – in der Business-Class gebucht sei. Darauf ich: „Ja, ich weiß. Auf diesem Flugabschnitt bietet Lufthansa jedoch nur Business-Class an. Der Rest meines Rund-um-die-Welt-Tickets ist ein von Lufthansa ausgestelltes Ticket erster Klasse (das mehr als 20 000 Dollar kostete). Mit Sicherheit kann ein Passagier, der ein solches Ticket in Händen hält, eine Tasse Kaffee in der Münchner First-Class-Lounge bekommen."

Ihr Antwort war sehr bestimmt: „Nein. Sie müssen die Halle hinuntergehen und dann die Rolltreppe hinauf zur Business-Class-Lounge."

Ich erkenne die Resultate eines jämmerlich konzipierten Ausbildungssystems, sobald ich sie sehe, und ich war gerade Opfer eines solchen Systems geworden! Diese Frau kannte die Vorschriften und fühlte sich dafür verantwortlich, sie in Kraft zu setzen und sah KEINERLEI Veranlassung, die auch nur unwichtigste Regel aufgrund der vernünftigsten aller Bitten zu revidieren. Aus ihrer Sicht waren Vorschriften weitaus wichtiger als gesunder Menschenverstand oder auch nur ein guter Service. Sie war auf das kleine Bild fokussiert „einen guten Job zu machen", und als Ergebnis fehlte ihr der Blick für die größere Perspektive, die da heißt: „Gib einem guten Kunden guten Service."

Es gab keinen Ansatzpunkt für weitere Argumente. Ich machte mir eine mentale Notiz und zog los, um mir einen Kaffee zu kaufen.

Was mir in München passiert ist, das geschieht jeden Tag in der Geschäftswelt. Sehr schlechte Entscheidungen werden von kurzsichtigen, unbeugsamen Menschen mit Scheuklappen getroffen, die Regeln über Dienstleistung stellen ... sich auf Details konzentrieren und damit das große Bild verfehlen ... und nur sich selbst sehen, unter Ausschluss der Mitmenschen.

Ich gebe diesen Vorfall nur als Kontrastprogramm zu dem an Sie weiter, was David und ich am nächsten Tag in Griechenland erlebten.

Laut Terminkalender sollten wir ein Seminar in der Küstenstadt Thessaloniki durchführen und hatten ein paar Tage eingeplant, um uns an die Zeitverschiebung zu gewöhnen. Man erzählte uns von einem kleinen Familienhotel, direkt am Meer. Als wir ankamen, erlebten wir eine Einstellung, die sich drastisch von derjenigen unterschied, die wir in München erlebt hatten – und zwar derart, dass der Unterschied schon fast zum Lachen war.

Das Restaurant dieses kleinen Hotels war in den Nachmittagsstunden, in denen wir zum Check-in eintrafen, geschlossen, doch der Hotelmanager fragte uns sofort: „Was darf ich Ihnen zu essen bringen?"

Wir fragten. „Was gibt es denn?"

Darauf er: „Was auch immer Sie haben wollen ... wir können es besorgen."

„Wirklich?", staunten wir.

„Sicher", entgegnete er. „Warum nicht?"

Von da an kam es immer besser.

Ob wir eine Massage wollten? Sie boten Massagen auf der Dachterrasse an, mit Blick auf das Meer.

Ob wir einen Fahrer bräuchten, eine Besichtigungstour oder ein spezielles Menü? Es war alles machbar.

An diesem Abend gingen wir aus, um in einem kleinen, aber edlen italienischen Terrassenrestaurant mit Blick auf das Meer ein frühes Abendessen zu uns zu nehmen. Das Essen war superb, der Service hervorragend und der Blick unbeschreiblich. Wir fühlten uns wie verjüngt nach dem langen Flug. Wir befanden uns an einem Ort voll immenser Dienstleistung, Schönheit und Möglichkeiten! Jedes Mal, wenn wir fragten: „Geht das auch?" oder: „Sind Sie sicher?", dann hieß die Antwort: „Warum nicht?"

Als wir an diesem Abend wieder in unser Hotel zurückkamen, ging ich auf den Balkon meines Zimmers hinaus, der zum Strand hin lag. Ich bemerkte einen Lichtschein und schaute über die Balkonbrüstung, um festzustellen, was unten los war. Was ich dort sah, war für mich eine echte Überraschung.

Ich reise viel und sehe mich fast routinemäßig mit neuen, einzigartigen sowie erstklassigen Orten und Erfahrungen konfrontiert. Die Szene unter mir war jedoch etwas, was ich nie zuvor gesehen hatte und seitdem auch nie mehr gesehen habe!

Man hatte einen Tisch für zwei Personen direkt am Wasser aufgestellt. Er war komplett mit einer weißen Tischdecke, Kerzen sowie Porzellan und Kristallglas gedeckt. Ein Ober in Smoking und Handschuhen servierte einem Paar, das dort, an diesem Mittelmeerstrand, zu Tisch saß. Vier große eiserne Kerzenhalter mit jeweils rund zwanzig Kerzen waren rund um den Tisch arrangiert. Und ... da war ein Piano! Zwei seiner Beine standen in den plätschernden Wellen des Meeres und zwei standen auf Sand. Ein Mann spielte wunderschöne romantische Musik. Es war ein Anblick, von dem man vielleicht annehmen könnte, dass es ihn nur im Film gibt.

Ich traf den Manager am nächsten Morgen wieder und befragte ihn zu dem, was ich gesehen hatte. Er erzählte mir, dass das Paar am Tisch Gäste aus Spanien seien, die ihren Hochzeitstag gefeiert hatten. Sie hatten um ein romantisches Dinner am Strand gebeten, und der Manager war überglücklich, alles Nötige zu arrangieren.

Ich fragte ihn: „Aber wie haben Sie das Piano den Hügel hinunter an den Strand gebracht?"

Er erwiderte: „Wir trugen es von der Lobby hinunter." (Das war ein sehr langer Weg.)

Darauf ich: „Ich kann gar nicht glauben, dass Sie das gemacht haben!"

Er sah mich mit einem kleinen Lächeln an und meinte: „Warum NICHT? Mein Job ist es, unsere Gäste glücklich zu machen."

Welch ein Unterschied zu der Einstellung der First-Class-Lounge-„Hüterin" am Münchner Flughafen!

Ich habe oft an besagten Manager und das von ihm geleitete Hotel gedacht.

Was für eine Geschäftsphilosophie!

Was für eine Art zu leben!

Erleben und erfahren nicht auch Sie liebend gern etwas Exzellentes?

Hassen nicht auch Sie es, wenn man Ihnen erzählt, dass die Regeln „regieren", und verständliche Bitten nicht verständlich genug sind?

Wollen nicht auch Sie es mit Menschen und Unternehmen zu tun haben, die nach Möglichkeiten suchen, um zu sagen: „Ja ... warum nicht?"

Welche Art von Mensch sind Sie? Können Sie sich ein Piano am Strand und Kerzen und einen Tisch vorstellen, der für zwei Personen gedeckt ist? Können Sie sich etwas Besonderes vorstellen? Können Sie sich vorstellen, über das Gewöhnliche hinauszugehen, um das Ungewöhnliche zuwege zu bringen?

Werden Sie zu einem „Alles ist irgendwie machbar"-Menschen

Ich liebe es, wenn sich die Einstellung „Alles ist irgendwie machbar" in einem Geschäft oder einer Organisation verbreitet. Die Nordstrom-Kaufhäuser sind berühmt für ihren

„heroischen" Kundendienst. Diese Philosophie ist in ihr Mitarbeiter-Ausbildungsprogramm und in ihr Mitarbeiter-Prämiensystem integriert. Nordstrom verleiht intern Auszeichnungen an Mitarbeiter, die das beste Beispiel dafür abgegeben haben, einem Kunden weit über bloße Erwartungen hinaus geholfen zu haben.

Ich darf Ihnen ein Beispiel für eine dieser Situationen nennen. Eines Tages kam eine Frau in einen der Nordstrom-Läden, um einen Satz Autoreifen zurückzugeben, der ihrer Meinung nach nicht in Ordnung war. Die zuständige Angestellte versuchte zunächst zu erklären, dass Nordstrom keine Reifen verkauft. Das trifft in der Tat zu – Nordstrom verkauft Bekleidung und Bekleidungsaccessoires. Die Frau bestand jedoch darauf, die Reifen bei Nordstrom gekauft zu haben und verlangte, dass man sich an die Garantie hielt. Nach einer Minute oder zwei war sich die aufgeweckte Verkäuferin darüber im Klaren, dass es am besten sei, der Frau das Geld zurückzuerstatten. Die Frau verließ den Laden höchst zufrieden und stellte erst einige Tage später ihren Irrtum fest. Es war ihr ausgesprochen peinlich und sie ging zurück, um die Situation richtig zu stellen. Die Medien erfuhren von diesem Laden, der tatsächlich so weit ging, Geld für ein Produkt zurückzuerstatten, das er nicht verkaufte, und berichteten von diesem Vorfall weit und breit.

War das Verhalten dieser Angestellten verrückt? Ist die Firmenphilosophie verrückt? Vielleicht für die Frau hinter dem Lufthansa-Schalter in München – jedoch nicht für jemanden, der es versteht, ein langfristiges Geschäft aufzubauen, indem er nach Wegen sucht, „Ja" statt „Nein" zu sagen.

War das Ganze schlecht fürs Geschäft? Im Gegenteil! Diese Story war für das Unternehmen zweifellos Millionen von Dollar an kostenloser Publicity und PR wert. Verdientermaßen!

Während wir unser Geschäft weltweit expandiert und Niederlassungen in diversen Ländern eröffnet haben, sind wir auf einige interessante Herausforderungen in Bezug darauf gestoßen, unsere Firmenphilosophie und -kultur in einigen entlegenen Orten mit seltsam klingenden Namen einzubringen. Können Sie sich die Einstellungen und Verhaltensweisen vorstellen, mit denen wir es vor fünfzehn Jahren in Ländern wie Indonesien, Ungarn, der Türkei oder China zu tun hatten? Wir sahen uns sogar mit erheblichen Unterschieden in besagter Einstellung an den mehr kosmopolitischen Plätzen konfrontiert, wie zum Beispiel in Paris, London und Tokio.

Zu der Zeit fanden viele unserer Aktivitäten in Ländern statt, die sich gerade vom Kommunismus befreit hatten – und einige hatten sich noch nicht ganz davon frei gemacht. Die Menschen waren daran gewöhnt, dass man zu ihnen „Nein" sagte und ihnen genau vorschrieb, was zu tun sei und wann. An vielen Orten hatten die Menschen viele Jahre lang unter einem autoritären Regime und unter zügelloser Korruption gelebt, mit sehr wenig Augenmerk auf oder die Vermittlung von Wertfaktoren, oder Aspekte des Kapitalismus.

Wir hatten das Gefühl, ständig zu improvisieren. Manchmal empfanden wir es als eine unserer Hauptaufgaben, die Mehrheit der Offiziellen zu umgehen, die Schmiergelder sehen wollten, bevor wir in einem öffentlichen Gebäude ein Seminar abhalten konnten. Manchmal mussten wir endlos nach genügend Technikern, Treffpunkten oder Dienstleistungen suchen, die es kaum gab. Bei mehr als einer Gelegenheit wurde uns bewusst, dass wir die Beförderung von zehn- bis zwanzigtausend Menschen zu bewerkstelligen und simultan in zehn oder mehr Sprachen zu ihnen zu sprechen hatten – malen Sie sich nur einmal aus, wie es vor fünfzehn Jahren in Osteuropa war, derart viele Kopfhörer aufzutreiben!

An einen Vorfall erinnere ich mich ganz besonders gut. Ich war für einen Vortrag in der Tschechischen Republik eingeplant. Das einzige Hotel in der Nähe unseres Tagungsortes in der kleinen Stadt Brno hatte keine Suiten, und meine Mitarbeiter waren der Auffassung, dass die von mir in besagter Stadt zu leistende Arbeit eine Hotelsuite für mich erforderlich machte. Ich hatte Termine, um eine Reihe von Leuten privat zu treffen, und ein kleines reguläres Hotelzimmer schien da nicht angebracht zu sein.

Bis einige Monate nach der Veranstaltung wusste ich von all dem nichts. Mein sehr fähiger Mitarbeiterstab hatte in aller Ruhe und Beharrlichkeit das Unmögliche möglich gemacht.

Als ich in Brno bei dem Hotel ankam, wurde ich zu meiner Suite eskortiert. Mir fiel auf, dass die Eingangstür keine Nummer trug, und das schien ein wenig ungewöhnlich. Nachdem ich die Suite dann betreten hatte, empfand ich auch die Aufteilung als ein wenig sonderbar. Es gab vier separate Räume mit je einem Bad. Einer war als Konferenzraum ausgestattet, einer als Wohnzimmer, einer als Schlafzimmer und in einem befand sich ein Massagetisch.

Später erfuhr ich dann, dass meine Mitarbeiter das Hotelmanagement überredet hatten, eine Suite zu konstruieren, und zwar durch den Bau einer Wand und eines Eingangs am Ende eines Korridors. Die vier Räume am Ende der Hotelhalle wurden zur „Suite". Mobiliar wurde ausgeräumt und neu arrangiert. Das Endresultat war ein wenig seltsam, aber absolut komfortabel und von Nutzen. Das Ganze war erst am Abend vor meiner Ankunft fertig gestellt worden!

Meine Mitarbeiter erkannten ein Problem ... und fanden eine Lösung! Das ist „Alles ist irgendwie machbar"-Denken in Aktion.

Derselbe Mitarbeiterstab war verantwortlich für eine Redewendung, eine Art Motto, das weltweit in unserer gesamten Organisation die Runde gemacht hat. Diese Redewendung entstammte einer praktischen Übung in Sachen Kreativität und Problemlösungen, die mein US-Team während einer Management-Klausurtagung durchführte. Ziel dieser speziellen Übung war es, Menschen dabei zu helfen, in einer Krisensituation lösungsorientiert und kreativ zu werden.

Die „Krise", die besagtes Team sich ausgemalt hatte, war folgende: Jim (ich) hatte den ganzen Tag und bis in die späten Abendstunden hinein eine Rede gehalten. Jim war sehr hungrig. Nach der Abschlussveranstaltung zu später Stunde verlangte er eine Pizza. (Mir ist klar, dass es keine sehr gesunde Angelegenheit ist, spät nachts noch eine Pizza zu essen, doch dies war „mein altes Ich" und der Vorfall hypothetisch! Es sollte ein humoriger „vorgeschobener" Vorfall im Umfeld eines hungrigen Tyrannen sein. Im wirklichen

Leben hätte ich einen derartigen Einsatz für solch ein triviales Bedürfnis niemals zugelassen!)

Die Frage, die man der Gruppe bei der Management-Klausur stellte, lautete wie folgt: „Was würden Sie tun, um diese ‚Notfall-Pizza' für den hungrigen Jim herbeizuschaffen?" Einige diskutierten darüber, sämtliche Restaurants in dem Gebiet abzuklappern, um festzustellen, ob man noch eine Pizza bestellen konnte. Einige schlugen vor, einen Ortsansässigen zu fragen, wo man noch eine Pizza kaufen könnte – vielleicht kannte jemand auch einen Restaurantbesitzer, dem es nichts ausmachte, nach Geschäftsschluss nochmals aufzukreuzen und mit einer Pizza aufzuwarten. Einige schlugen vor, mir etwas anderes zu essen anzubieten. Einige machten den Vorschlag, mich schnell in mein Hotelzimmer zurückzubringen, bevor der Zimmerservice für diesen Abend Schluss machte – oder den Hotelmanager zu bitten, das Küchenpersonal im Einsatz zu behalten. Dies alles schienen sehr aufwändige, wenn nicht gar undurchführbare Lösungen zu sein.

Schließlich sagte Milena, unsere Managerin aus der Tschechischen Republik, ganz aufgeregt: „Ich weiß es! Ich würde einfach nach Hause gehen und die Pizza machen!" Alle lachten und gratulierten ihr zu der Einfachheit und der Geisteshaltung ihrer Lösung. Von da an begannen unsere Teams, sich regelmäßig auf den Ausspruch zu beziehen: MACH' DIE PIZZA!

Wenn Sie mit der Einstellung „Alles ist irgendwie machbar" beginnen, dann gibt es immer einen Weg, um zu Resultaten zu kommen.

Der Manager in unserem Hotel in Thessaloniki „machte die Pizza“, als er ein Piano an den Strand stellte.

Unser Team in Brno „machte die Pizza“, als es innerhalb eines Tages aus dem Nichts eine Hotelsuite schuf.

Die Leute bei Nordstrom „machten die Pizza“ für eine Frau, die Reifen zur Rückvergütung zurückbrachte. Das „Geht nicht“ zu sehen ist oft unsere erste Reaktion auf Herausforderungen und Probleme. Es kommt uns nie in den Sinn zu sagen: „Warum eigentlich nicht?“ Der Sinn dieser Frage liegt auf der Hand: „WARUM NICHT?“-Lösungen wurzeln immer in den Möglichkeiten des Machbaren!

Werden Sie zu einem „Menschen mit Erwartungshaltung“

Führungskräfte geben für diejenigen, die ihnen nacheifern, den Ton an. Das trifft sowohl auf Geschäftsleute als übertragen auch auf Lehrer, Coachs, Geistliche oder Eltern zu. Als Führungskraft müssen Sie eine „Warum nicht?“-Einstellung des Machbaren vorleben, oder Sie werden zum bloßen Regel-Fanatiker, gefangen im „Geht nicht“. Wollen Sie wirklich Menschen zu beachtlichem Wachstum und zu einer beachtlichen Weiterentwicklung führen, dann müssen Sie den Betreffenden helfen, die Scheuklappen von ihrer Denkweise zu entfernen und kreativer, lösungsorientierter und serviceorientierter zu werden.

Der Prozess ein „Alles ist irgendwie machbar“-Mensch zu werden, führt auch zu einer „Erwartungshaltung im Denken“.

Menschen, die sich mit Problemen als Chancen auseinander setzen, werden auch ihre eigene Zukunft unter dem Aspekt betrachten, dass sie voller „Chancen“ steckt. Sie beginnen, größere Träume zu träumen und mehr von sich sowie von ihrem Einsatz zu erwarten. Sie fangen an „zu erwarten“, dass etwas Großes ... etwas Wunderbares ... etwas Nobles passiert.

Sie bekommen vom Leben vielleicht niemals das, was Sie „verdienen“ – Sie bekommen jedoch in der Tat gewöhnlich das, was Sie erwarten. Erwarten Sie also zu gewinnen!

Fangen Sie an, etwas Wunderbares zu sehen und zu erwarten!

Vor ein paar Jahren fassten wir einen Umzug nach San Diego in Kalifornien ins Auge. Wir schauten uns eine Reihe von Häusern an, die jedoch nicht ganz unseren Vorstellungen entsprachen, doch dann stolperten wir über ein Haus, das nach Meinung unserer engen Freunde perfekt für uns sein würde – und wir waren wirklich ganz und gar angetan. Das Problem lag jedoch darin, dass es zu teuer war. Die Verkäufer verlangten eine Million Dollar mehr, als wir zu zahlen bereit waren.

Sie bekommen vom Leben vielleicht niemals das, was Sie „verdienen“ – Sie bekommen jedoch in der Tat gewöhnlich das, was Sie erwarten. Erwarten Sie also zu gewinnen!

Ich sollte Ihnen vielleicht noch erzählen, dass das Haus professionell ausgestattet und wunderschön war, außen wie innen. Der Blick auf San Diegos weltberühmten Hafen und die

Stadtsilhouette waren unglaublich spektakulär. Wir konnten die Welt aus den Fenstern dieses Hauses sehen – Schiffe und Segelboote im Hafen ... Coronada Island ... Strände ... die Lichter der Stadt bei Nacht ... und Richtung Süden konnte man an einem klaren Tag bis ganz nach Mexiko schauen! Wäre das Haus doch nur nicht so teuer gewesen.

Wir setzten unsere Besichtigungen fort, hörten aber niemals auf von „jenem Haus" zu reden. Wir konnten uns darin wohnen sehen. Wir konnten unsere Augen schließen und den Blick sehen. Nach einem Jahr meinte Nancy: „Schauen wir doch mal, ob sie das Haus bereits verkauft haben. Wenn nicht, dann haben sie den Preis vielleicht um eine Million Dollar gesenkt!" Ich dachte: *Das würde keinen Sinn machen ... die Preise sind seitdem RAUF, nicht runter.* Nancy bestand jedoch so lange darauf, bis ich anrief – und raten Sie mal? Die Besitzer suchten immer noch nach einem Käufer und hatten just in dieser Woche den Preis um ... Sie haben's erraten, eine Million Dollar gesenkt!

Was ist es, was Sie als Beschäftigung für sich „sehen" können? Wo können Sie sich leben „sehen"? Bis zu welcher Größe können Sie Ihr Unternehmen wachsen „sehen"?

Vor fünfzehn Jahren befand sich unser Geschäft zu neunzig Prozent in den Vereinigten Staaten, doch wir fingen an, einen „Warum nicht?"-Traum von einem florierenden und expandierenden internationalen Geschäft zu visualisieren. Wir wollten unseren Traum an Menschen in der ganzen Welt verbreiten und schauen, was in anderen Kulturen und Ländern getan werden könnte. Uns standen keine Infrastruktur, keine Kontakte und keine wirklichen Daten zur Verfügung, um vorauszusagen, was passieren könnte ... wir konnten es jedoch SEHEN! Ich konnte meine Augen schließen und Stadien voller Menschen SEHEN, hungrig danach zu lernen, wie man geschäftlichen Erfolg hat. Ich konnte SEHEN, wie Menschen in Ländern, die von Armut gebeutelt waren, anfingen zu wachsen und zu gedeihen. Ich konnte Menschen mit einem Ausdruck der Erwartung und Hoffnung auf ihren Gesichtern SEHEN. Diese Vision spielte sich nur in unseren Gedanken und Herzen ab ... doch genau dort nimmt eine wirkliche „Vision“ Gestalt an. Was Sie sehen, ist das, was Sie verfolgen ... und im Endeffekt IST das, was Sie sehen, genau das, was Sie bekommen.

„Sehen“ Sie nichts, dann streben Sie nichts an und erreichen auch nichts.

„Sehen“ Sie etwas Großes, verfolgen Sie auch etwas Großes und erreichen dann auch etwas Großes.

Heute genießen wir es, die Welt mit unseren angeborenen, physischen Augen so zu sehen, wie wir sie vor fünfzehn Jahren nur mit unserem „geistigen Auge“ gesehen haben.

Mussten wir international expandieren? Nein. Über eine Spanne von zwanzig Jahren hatten wir ein sehr solides und blühendes Geschäft in den Vereinigten Staaten aufgebaut. Wir führten ein relativ komfortables Leben. Wir waren nicht besonders erpicht darauf, ein finanzielles Risiko einzugehen, uns mit der Komplexität internationalen Rechnungswesens sowie den verschiedenen steuerlichen und rechtlichen Labyrinthen zu befassen. Es „juckte“ uns jedoch, etwas Neues zu tun. Wir konnten es „sehen“.

Als wir anfingen, über unserer Vision zu sprechen, schlossen sich uns schnell einige Pioniere in unserer US-Basis an und stellten sich der Herausforderung. Uns war großartiger Erfolg beschert mit einigen bemerkenswerten Unternehmern und Visionären in Australien, die „mit uns marschierten". Unsere Erfahrungen und Kontakte zu ihnen führten uns nach Europa, wo wir weitere Pioniere entdeckten, die bereit waren, sich den Herausforderungen zu stellen, und über sie kamen wir zu Kontakten in vielen sich gerade entwickelnden Ländern – in Osteuropa, in der Türkei und selbst in abgelegenen Gebieten in Indonesien, Indien, Thailand und Malaysia.

Haben wir mit Expansion und Wachstum abgeschlossen? Nein! Wir können immer noch mehr „sehen"!

Das Wunderbare bezüglich „machbarem" und „erwartungsvollem" Denken liegt darin, dass es kein Ende des Machbaren gibt und darum auch kein Ende dessen, was man erwarten könnte!

Über das Geschäftliche hinaus

Als wir unser Geschäft weltweit expandierten, wurden wir uns zunehmend sozialer, schulischer, physischer und materieller Bedürfnisse bewusst, die über das Geschäftliche hinausgingen. Wir sahen speziell Kinder in Not. In Zusammenarbeit mit einigen unserer Hauptführungskräften, wieder in Australien, fingen wir vor zwölf Jahren an, Wege in Betracht zu ziehen, über die wir unseren Einfluss und unsere Ressourcen nutzen könnten, um diesen bedürftigen

Kindern zu helfen. Wir gingen eine Verbindung mit World Vision ein, einem bekannten und sehr angesehenen Wohltätigkeitsverband, der Kinder und nützliche Projekte in der ganzen Welt unterstützt.

Unsere erste Idee war es, die Patenschaft für ein Dorf in Zentralafrika zu übernehmen, wo man gerade anfing, sich der AIDS-Krise bewusst zu werden. Erinnern Sie sich, das war vor zwölf Jahren. Zu jener Zeit gab es in diesem einen Dorf in Uganda mehr als 6000 Waisenkinder, die beide Elternteile aufgrund von AIDS verloren hatten. Wir fragten uns, was wohl passieren würde, könnten wir jedes unserer Teammitglieder dazu bewegen, nur ein Kind zu sponsern und das Geld einem spezifischen Dorf wie diesem zukommen zu lassen. Zunächst erschien das Ganze überwältigend, wir konnten jedoch derartige Möglichkeiten „sehen“!

Unter der Bezeichnung „Network of Caring“ wurde ein spezieller Wohltätigkeitsfond ins Leben gerufen. Heute hat unser Team mehr als zwölf Millionen Dollar aufgebracht, um mehr als 45 000 Kindern sowohl in Afrika als auch in der Türkei, auf den Philippinen, in Indien, in Rumänien und anderswo zu helfen. Network of Caring (NOC) hat für Impfungen, Gesundheitserziehung, Nahrungsmittel sowie landwirtschaftliche Zuschüsse und Geräte gesorgt. NOC hat mitgeholfen, fünfzehn Schulen zu bauen, die mehr als 20 000 Schülern zugute kommen. Es hat beachtliche Beiträge für Erdbebenhilfe, Flüchtlingscamps sowie 9/11-Hilfsfonds geleistet und hat für Stipendien für höhere Schulbildung gesorgt. Die Auswirkung all dessen ist sowohl innerhalb unserer Familie an Unternehmern als auch für diejenigen in Not ganz erstaunlich gewesen.

Momentan baut Network of Caring mit seinem neu etablierten „Ambassador Fund“ eine erstklassige Schule sowie Unterkünfte für Hunderte von Straßenkindern in der Nähe von Mumbai in Indien. Ist sie erst einmal fertig gestellt, dann wird die Schule sich selbst tragen. NOC ist nun schon seit Jahren die größte unternehmerische Stütze in der Geschichte der World Vision.

Und wo nahm das alles seinen Anfang? In dem Moment, in dem wir die Frage stellten „Warum nicht?“, als wir das erste Mal die Idee hatten, es zu versuchen!

Mein Sohn Eric hat auch einen Traum des „Möglichen“. Vor einer Reihe von Jahren, als wir in San Diego lebten, machte er die Bekanntschaft mit einer Sportart, die man als „Power Soccer“ bezeichnet und bei der die Leute das Spiel in elektrischen Rollstühlen austragen. Dies eröffnete für Eric eine neue Welt an Möglichkeiten!

Bevor Eric Power Soccer spielte, war es uns nicht möglich gewesen, auch nur irgendeine Sportart zu finden, an der er vielleicht teilnehmen könnte. Diejenigen, die an bestimmten Funktionsstörungen wie Gehirnlähmung, muskulärer Dystrophie, Spina bifida oder Rückenmarksverletzungen leiden, stehen aufgrund der großen Komplikationen in Verbindung mit ihrem Transport und ihrer Pflege oft isoliert von anderen Menschen da. Selbst in einem Staat mit hoher Bevölkerungsdichte wie Kalifornien existierten lediglich ein paar Teams.

Später, als wir nach Atlanta und dann nach Florida zogen, hatte Eric niemanden, mit dem er spielen konnte. Was tat er daher? Er tat das, was jeder tun würde, der in „Alles ist irgendwie machbar"-Dimensionen denkt: Er beschloss, diese Sportart auf die gesamten Vereinigten Staaten auszudehnen. Und das war ein gewaltiges Projekt!

Auch wenn die Spieler den Sport lieben, bedeutet es eine Herausforderung, Power-Soccer-Teams ins Leben zu rufen. Erst einmal müssen potenzielle Spieler ausfindig gemacht werden – es gibt nirgends Sammellisten derjenigen mit Behinderungen, die den regelmäßigen Gebrauch eines Rollstuhls notwendig machen. Dann gilt es einen Coach aufzutreiben, der sich sowohl mit Soccer als auch mit elektrischen Rollstühlen auskennt. Sie brauchen genügend Spieler in einer Stadt, um spielen zu können, genügend Geld für einiges an Spezialausrüstung, ein Trainingsprogramm, und so weiter.

Eric und ein Freund namens Jerry machten sich gemeinsam mit Erics Assistenten und Freund David an die Arbeit. Sie starteten Teams in Atlanta und fingen dann an zu reisen. Sie besuchten Trainingscamps für Menschen mit muskulärer Dystrophie und nahmen Verbindung zu Interessenten in vielen Städten in den Vereinigten Staaten auf. Sie beschafften Kapital, oft indem sie jede Woche Stunden auf Parkplätzen zubrachten und Tombola-Lose verkauften. Sie sprachen mit potenziellen Spielern, um die Bildung von Teams anzuregen.

Bald hatten sie einen weiteren Spieler rekrutiert, einen von Erics Freunden aus Kalifornien namens Jesse, und er ergänzte das Projekt um eine weitere Dimension an Leidenschaft und Engagement. Diese jungen Männer verbrachten

Monate auf der Straße, und nach drei Jahren sehr harter Arbeit begann ihre Vision Gestalt anzunehmen. Im Juni 2004 fand in Indianapolis in Indiana ein nationales Turnier statt. Die Veranstaltung brachte 134 Rollstuhlathleten aus etwa zwanzig Städten der Vereinigten Staaten zusammen. Menschen, die an elektrische Rollstühle gefesselt sind, begegnen in ihrem ganzen Leben oft nicht mehr als einem oder zwei Menschen, die sich in derselben Situation befinden. Bei dieser einen Gelegenheit waren Menschen in der Lage, Dutzende anderer in der gleichen Situation – jedoch ebenfalls Menschen mit dem Willen zum Machbaren – zu treffen und zu Freunden zu machen!

Zusätzlich zu den Teams aus den Vereinigten Staaten kamen „All-Star"-Teams aus Frankreich und Japan nach Indianapolis.

Mitzuerleben, wie all diese jungen Menschen mit ganzem Einsatz spielten und ihre Trophäen bei der Abschlussfeier erhielten, der eine große Tanzparty folgte, ist etwas, was ich niemals vergessen werde ... genauso wenig wie die Sportler! Die Veranstaltung wird nun jährlich stattfinden und die Anzahl der Teams nimmt kontinuierlich zu. Eric und seine Freunde denken in großen Dimensionen – sie hoffen in der Lage zu sein, den Sport anlässlich der Olympiade 2008 in Peking im Rahmen der Paralympics zu demonstrieren. Ihr Ziel ist es mitzuerleben, wie Power Soccer bei den Paralympics 2012 als offizieller Sport anerkannt wird.

Dieses Programm hat für Hunderte von jungen Menschen die Lebensbedingungen verbessert, neue Erfahrungen vermittelt sowie Erinnerungen und Kontakte geschaffen. Und wo hat das Ganze seinen Anfang genommen? Es begann mit der „Warum nicht?"-Denkweise.

Als das Power-Soccer-Konzept noch in den Anfängen steckte, riefen Nancy und ich eine Wohltätigkeitsorganisation unter dem Namen „The Fernando Foundation" ins Leben. Diese Stiftung ist in Erinnerung an Erics ersten Assistenten, Fernando Ruelas, entstanden, der im Alter von dreißig Jahren plötzlich an Leukämie starb. Fernando war davon beseelt, Menschen mit Behinderungen zu helfen. Er glaubte an unseren Sohn Eric und an die „Chancen" seines Lebens. Sein Bruder David gehört nun zu unserer Familie und ist Geschäftsführer bei „The Fernando Foundation". David ist verantwortlich für die Beschaffung von Geldern, um behinderten Menschen auf physischem und mentalem Wege zur Seite zu stehen. Mehr als 200 000 Dollar sind für diese Stiftung gespendet worden. Viele derjenigen, denen geholfen wird, sind Menschen, die durch die Power-Soccer-Struktur „entdeckt" wurden. David und all die anderen, die in „The Fernando Foundation" involviert sind, haben das Ziel, eine Million Dollar im Laufe der nächsten paar Jahre aufzubringen. „Warum nicht?", sagen sie sich![5]

Und was ist mit Ihnen?

In welchem Bereich Ihres Lebens müssen Sie anfangen zu fragen: „Warum nicht?"

Vielleicht ist die Herausforderung, der Sie sich gegenübersehen, eine Heirat, eine neue Karriere oder der Start eines eigenen Unternehmens. Es könnte sich auch um die

Herausforderung handeln, sich ein höheres Karriereziel zu setzen oder ein Wohltätigkeitsprojekt ins Leben zu rufen.

Welche Möglichkeiten SEHEN Sie?

Womit können Sie anfangen, es zu ERWARTEN?

Sind Sie in der Lage, ein Dinner an einem Strand zu sehen, komplett mit Piano?

Sehen Sie eine Gegebenheit, auf die Sie Einfluss nehmen oder die Sie unterstützen können?

Haben Sie eine mitreißende Idee, die Ihnen anscheinend nicht mehr aus dem Kopf geht?

Fragen Sie sich, was ungeachtet der „Fakten" machbar sein könnte?

Nehmen Sie Ihre Vision scharf ins Visier. Fangen Sie an, sie als Realität zu sehen. Denken Sie in Kategorien von „Details" und „vierfarbig" und „mitreißender Mobilität"! Stellen Sie sich einige weiterführende Fragen:

- Was würden Sie tun, wenn Sie eine Million Dollar hätten oder in der Lage wären, diesen Betrag aufzubringen?
- Was, wenn Sie ein Jahr frei hätten, um das zu tun, was auch immer und mit wem auch immer Sie tun wollen?
- Wenn Sie jemandem helfen könnten, wem würden Sie dann helfen?
- Was wäre, wenn Sie „alles" haben könnten – wie würde dieses „alles" dann ausschauen?
- Wenn Sie etwas verändern könnten, was würden Sie dann verändern?

Ein Mensch, der Zeit, aber kein Geld hat, kann nicht viel ausrichten. Ein Mensch, der Geld, aber keine Zeit hat, ist sowohl frustriert als auch limitiert. Zeit und Geld sein Eigen zu nennen, ohne etwas Wertvolles zu haben, um damit die Zeit zu füllen oder das Geld dafür einzusetzen, ist eine riesige Verschwendung.

Der Schauspieler Jim Carrey erzählt, dass er sich lange bevor er gutes Geld mit seinen Filmen verdiente, selbst einen „gefälschten" Scheck über zwanzig Millionen Dollar ausstellte. Er schaute sich diesen Scheck regelmäßig an. Er stellte sich vor, in Filmen mitzuspielen und für jeden soviel zu verdienen. Sie können den Rest der Story wahrscheinlich erraten. Ihm werden jetzt regelmäßig zwanzig Millionen Dollar für jeden Film gezahlt, in dem er mitspielt.

Warum nicht für sich selbst einen imaginären Scheck ausstellen ... oder für einen Zweck, von dem Sie überzeugt sind ... und zwar über einen Betrag, der Sie sowohl herausfordert als auch motiviert? Schauen Sie sich diesen Scheck täglich an. Stellen Sie sich die Frage: „Warum eigentlich nicht?"... und setzen Sie sich dann dafür ein!

Fangen Sie an, „aus dem Bauch heraus" über jede Anfrage, die es wert ist, jeden unverwirklichten Traum oder jede neue Herausforderung nachzudenken, die sich Ihnen präsentiert. Beginnen Sie zu SEHEN, was getan werden könnte.

Ihr frisches Denken und Ihre kreativen Ideen werden nicht nur Ihnen

Wenn Sie denken, etwas sei möglich ... dann haben Sie Recht. Wenn Sie denken, etwas sei unmöglich ... dann haben Sie ebenfalls Recht.

Freude machen, sondern Sie werden auch zur Inspiration für andere.

Wenn Sie denken, etwas sei möglich ... dann haben Sie Recht.

Wenn Sie denken, etwas sei unmöglich ... dann haben Sie ebenfalls Recht.

Stellen Sie sich heute die Frage: „Warum gebe ich mich mit dem kalten Sandwich in einem trostlosen Café zufrieden, wenn ich ein Abendessen bei Kerzenschein an einem Strand in Griechenland genießen könnte – und das bei Pianomusik?"

Warum GEBEN Sie sich mit etwas zufrieden, das weit unterhalb der großartigsten Möglichkeit liegt, die Sie sich vorstellen können?

ANHANG

[1] Lukas 12,48

[2] Matthäus 7,24 – 25

[3] Matthäus 22,37 – 39

[4] Matthäus 6,19 – 21

[5] Um einen Beitrag an *Network of Caring* zu leisten, kontaktieren Sie bitte:

World Vision Network of Caring
P.O. Box 9716
Federal Way, Washington 98063-9716
USA
www.worldvision.org

Um einen Beitrag an *The Fernando Foundation* oder den *Ambassador Fund* zu leisten, richten Sie Ihre Spenden bitte an:

Fernando Foundation
3550 Corporate Way-Suite C
Duluth, Georgia 30096
USA
www.fernandofoundation.org
E-Mail: afinfo@ambassadorfund.org